www.tredition.de

AF196010

pour mon tulpa rosiel

René Antoine Fayette

Die Dorje Tshomo Chime Tradition

www.tredition.de

www.tredition.de

© 2016 René Antoine Fayette
Umschlag, Illustration: René Antoine Fayette

Verlag: tredition GmbH, Hamburg

ISBN:
Paperback   978-3-7345-1283-4
Hardcover   978-3-7345-1284-1
e-Book   978-3-7345-1285-8

Printed in Germany

Bibliografische Information der Deutschen Nationalbibliothek:
Die Deutsche Nationalbibliothek verzeichnet diese Publikation in der Deutschen Nationalbibliografie; detaillierte bibliografische Daten sind im Internet über http://dnb.d-nb.de abrufbar.

www.tredition.de

Inhaltsverzeichnis

Inthronisation in Bhutan

D as Drachenbaby im Land des Donnerdrachens ist endlich da! Dem am Freitag, den 5. Februar 2016 im Lingkana-Palast in der Hauptstadt Thimphu geborenen kleinen Kronprinzen wird alles Glück der Welt gewünscht. An dieser Stelle darf ganz besonders Seiner Majestät König Jigme Khesar Namgyel Wangchuck und Königin Jetsun Pema für die weltoffene und tolerante Gesinnung und Intention gedankt werden. Das junge bhutanische Königspaar hat es sich zum Ziel gesetzt, ihr kleines Königreich und ihre rund 800.000 Bewohner sorgsam und schonend in die Neuzeit zu führen.

Das Land ist am Fuße des Himalaya eingekeilt zwischen Indien und Tibet und etwa so groß wie die Schweiz. Fast 80 Prozent des Landes liegen in über 2000 Metern Höhe. Der höchste Berg in Bhutan, der Gangkhar Puensum mit 7570 Metern Höhe durfte noch nie von einem Menschen bestiegen werden.

In Bhutan ist das Bruttosozialglück wichtiger als das Bruttosozialprodukt, gemeint ist damit eine Balance zwischen Materialismus und Spiritualität. Bhutan ist ein nikotinfreies Land, wird ökologisch nachhaltig bewirtschaftet, fördert einen sanften, betreuten Tourismus, hat ein Viertel des Landes unter Naturschutz gestellt und unternimmt als konstitutionelle Monarchie erste Schritte in die Demokratie. Die Staatsreligion ist das buddhistische Vajrayana[1], also die geheimen tantrischen Lehren.

Aber was sind das für geheime tantrische Lehren? Was ist dieses buddhistische Vajrayana? Diese Fragen stellte sich vor vielen Jahren eine junge Französin auch, als sie wissbegierig in die Welt hinaus zog, von Ahnungen erfüllt und beharrlich sich selbst suchend. Dann fand sie endlich in Bhutan ihre Bestimmung als Lama und sie entdeckte Unglaubliches und Unbekanntes. Als Lama Sangmo Yangchen tauchte sie schließlich in das tantrische Bewusstsein ein. Das kann man aber nicht in wenigen Worten beschreiben, denn es setzt einige Kenntnisse voraus, die hier nun kurzgefasst in mehreren Kapiteln dargelegt werden, damit die letzten Kapitel nicht zu sehr irritieren und besser verstanden werden können.

---

1 Dorje Thegpa (tib. rdo.rje.theg.pa), das Mantrafahrzeug, Tantrafahrzeug, Diamantfahrzeug

9

Das Jahr 2002 hatte für Lama Sangmo Yangchen mit einem sehr positiven Ereignis begonnen. Sie wurde in Bhutan zur Tulku[2] inthronisiert. Dort wurde sie von der Linienhalterin der Dorje Tshomo Chime Tradition, Arya Chödrön Rinpoche, als Tulku dieser Linie wiedererkannt.

Sie erhielt bei ihrer Inthronisation, wie das in der buddhistischen Tradition üblich ist, von Arya Chödrön Rinpoche auch einen neuen Namen. Lama Sangmo Yangchen hatte die Welt somit verlassen und setzte ihre Aktivitäten nun als Tulku Dawa Lhamo, der vierten Reinkarnation von Dorje Tshomo Chime fort.

Einer Prophezeiung folgend hatte Arya Chödrön Rinpoche sie auch als ihre Nachfolgerin und somit als Linienhalterin der Dorje Tshomo Chime Tradition eingesetzt. In Zukunft hat sie die Aufgabe, diese Tradition mit all ihren Aspekten vor dem Niedergang zu schützen und sie weiter zu verbreiten.

Die feierliche Zeremonie der Inthronisation wurde in Bhutan auf Video festgehalten und konnte erstmals im Rahmen einer öffentlichen Veranstaltung anlässlich eines buddhistischen Vollmondfestes in Frankreich gezeigt werden. Tulku Dawa Lhamo hatte anschließend von ihrem Aufenthalt in Bhutan erzählt und einige Einblicke in diese vergessene Tradition gegeben.

Die Dorje Tshomo Chime Tradition ist eine Nyingma-Tradition[3], die ihren Ursprung in Kham[4] hat und von der anscheinend nur wenige Menschen in Bhutan wussten, dass es sie überhaupt gibt. Manche dachten auch, dass sie so gut wie verloren gegangen sei. Das ist aber nicht ganz korrekt, denn sie ist nur fast unsichtbar gewesen. Durch einige Zufälle und besondere Bedingungen war es einigen Frauen in Bhutan wohl möglich gewesen, das Alte so weiterleben zu lassen, dass diese Tradition sich bis in die heutige Zeit herüber retten konnte. Aber nur wenige konnten mangels ausreichender Anzahl von Meisterinnen und Meistern bislang diese spezielle Tradition erlernen und praktizieren.

Die nutzbaren Quellen sind einerseits allgemein zugängliches Wissen, andererseits aber auch mündliche Übertragungen, seltene Text-Fragmente aus alten Klöstern sowie handschriftliche Aufzeichnungen von Tulku Dawa Lhamo.

---

2   Buddhistischer Meisterin, als Wiedergeburt einer früheren Meisterin identifiziert
3   Eine von vier buddhistischen Traditionen in Tibet
4   Eine osttibetische Region

Nur weniges ist schriftlich so aufbereitet, dass es überhaupt lesbar und verstanden werden kann. Es fehlen teilweise die für wissenschaftliche Untersuchungen belegbaren Zeugnisse, Funde und Indizien, sei es inhaltlich, sei es geografisch oder chronologisch. Zuordnungen sind vielfach mangels Datum, Unterschrift oder Namen schwer möglich. Vieles aus den Klöstern in Bhutan ist für Außenstehende auch kaum einsehbar, da die Traditionen, Gebräuche und Sitten so manches verbieten.

Bei der Transkription von Namen der tibetischen Sprache kann man sich oft nur am praktischen Gebrauch orientieren und versucht dann korrekt zu transkribieren. Jedoch sind viele Orts- oder Personennamen nur mündlich weitergegeben worden oder in einem alten Tibetisch oder in Dzongkha aufgeschrieben worden. Manchmal entsteht deshalb der Eindruck, dass die Namen nicht ganz korrekt sind. Auch muss berücksichtigt werden, dass außer der bhutanischen Hauptsprache Dzongkha es keine weitere geschriebene Sprache in Bhutan gibt, obgleich insgesamt 13 Sprachen in diesem kleinen Königreich vorhanden sind. Das heißt, dass die Begriffe und Orte teilweise aus der aufgeschriebenen Umsetzung der bhutanischen Dialekte entstanden sind. Diese kleinen Abweichungen oder Ungenauigkeiten sind aber relativ bedeutungslos für ein erstes allgemeines Kennenlernen der Dorje Tshomo Chime Tradition.

Um das Verständnis für tibetische Lehrtraditionen zu erleichtern, wird einführend die Bön-Tradition sowie ein wichtiger Abschnitt der tibetischen Historie skizziert. Parallel dazu wird die Lebensgeschichte Padmasambhavas als Wurzel aller vier tibetisch-buddhistischen Traditionen kurz skizziert und ebenso die Lebensgeschichte Vairochanas, da es ohne diesen Meister vermutlich niemals eine Dorje Tshomo Chime Tradition gegeben hätte. Ein weiterer Aspekt liegt in einer kurzen Darstellung der jeweiligen Lebensgeschichte der Meisterin Dorje Tshomo Chime sowie ihrer vierten Reinkarnation Tulku Dawa Lhamo, soweit das im Augenblick aus den schriftlichen und mündlichen Quellen möglich ist. Zudem wird neben den historischen Elementen auch der gegenwärtige Zustand dieser Tradition dargelegt. Auch wird kurz der Praxisweg dieser Tradition in der heutigen Zeit dargestellt.

Die Mitmenschen, die tolerant, respektvoll und in friedlicher Absicht sich der Dorje Tshomo Chime Tradition annähern wollen, sind willkommen. Denn jeder Mensch hat das Recht, sich frei zu informieren und sich zu entscheiden, ob er an etwas glaubt und an was er glaubt. Im Buddhismus wird aber an nichts „geglaubt", sondern nur „gewusst" oder besser „erfahren". Diese Form der Religion funktioniert nur durch Aktivität, also durch Selbsterfahrung. Buddha Shakyamuni hat nur seine Erfahrungen gelehrt und allen gesagt, prüft es selber nach, denn ihr könnt es. Dazu ist jeder Mensch eingeladen und viele sind ihm bisher auch gefolgt.

Diejenigen, die sich aus beruflichen Gründen annähern wollen, sei es aus Gründen der Forschung oder aus medizinisch-therapeutischen Gründen, möchten aber die besonderen Bedingungen im gesamten Himalaya-Gebiet berücksichtigen. Eine behutsame und respektvolle Kontaktaufnahme mit den Menschen dort, die noch diese uralte Tradition praktizieren, bringt für alle Beteiligten nur Vorteile und ist für die derzeitig schwierige Situation der Dorje Tshomo Chime Tradition sicherlich eher fördernd. Niemand möchte Sensationsmeldungen, Medienrummel und die damit verbundenen Belästigungen im Alltag. Das gilt insbesondere für das kleine Land Bhutan im Süden des Himalaya.

Bön-Tradition

A lle Religionen haben sich im Laufe der Zeit aufgesplittet, so auch in Tibet. Es gibt vier Traditionen des Tibetischen Buddhismus: die Nyingma-, die Kagyü-, die Sakya- und die Gelug-Tradition. Der Dalai Lama hatte 1977 die Bön-Tradition als die fünfte Tradition Tibets öffentlich anerkannt.

Nicht alle Buddhisten sind mit dieser Sichtweise einverstanden, denn unter den buddhistischen Lehrerinnen und Lehrern Tibets und auch der restlichen Welt gibt es immer noch sehr seltsame Vorstellungen von Bön. Für viele ist die Bön-Tradition keine buddhistische Lehre, obwohl Bön viel aus dem Tibetischen Buddhismus im Laufe der Jahrhunderte übernommen hat und vielleicht sogar die Vorform aus der ersten Buddhistianisierung des groß-tibetischen Raums gewesen sein könnte, denn Bön ist erheblich älter als der Tibetische Buddhismus.

Manche fürchten sich vor Bön-Praktiken und Bön-Ritualen, denn für sie ist Bön eine Zauberei-Religion, welche die menschlichen Sinne überlisten würde, den menschlichen Verstand überfordern würde und metaphysisch die bekannte Physik außer Kraft setzen könne. Das Studium der Bön-Tradition kann manche Intellektuelle psychisch verstören, manche Forscher landeten deshalb bereits im 19. und auch im frühen 20. Jahrhundert in Pflegeanstalten. Andere vermengten noch rechtzeitig ihr Wissen mit nahöstlichem Sektenwissen, mit altägyptischen Weisheiten und tibetischen Reiseerfahrungen Dritter und konnten so vor dem gierigen Publikum als Phantasten oder Psychos durch die literarische Welt des begonnenen 20. Jahrhunderts geistern, bestes Beispiel hierzu ist der Engländer Aleister Crowley. Auch Einheimische haben sehr großen Respekt vor Bön, das gilt interessanterweise sogar für die neu eingewanderten kommunistischen Chinesen, die Tibet überfallen und das Land zuerst sozialistisch, dann technologisch und schließlich turbokapitalistisch versucht haben, in die Neuzeit zu hieven.

Auch heute noch ist Tibet für die chinesischen Politkommissare genauso wie früher für die chinesischen Mandarine oder die mongolischen Khans ein Territorium, dass man lieber von außen beherrscht und in dem man sich dort besser nie persönlich blicken lässt. Die Unfallstatistik ist beeindruckend, wie schnell unliebsame Besucher Tibets steile Abhänge hinab stürzen, von Lawinen verschlungen werden oder durch Steinschlag verunglücken. Viele Dramen wollen aber nichts mit der Bön-Tradition zu tun haben, sondern sind einfach nur Zufälle, die in dieser unwirtlichen Gegend besonders häufig auftreten wollen, denn die dünne Luft auf den riesigen tibetischen Hochtälern in rund 5.000 Metern Höhe kann den Geist verwirren, Fehlentscheidungen und Fehltritte schnell herbei führen oder das Herz und die Lunge überfordern. Auch die Klosteranlagen in Tibet sind riesig, unübersichtlich, verwinkelt, uralt und sehr baufällig, hier können Menschen sich verirren, verunglücken und unauffindbar werden. Die chinesischen Parteifunktionäre meiden deshalb möglichst dieses Territorium, sie wissen, sie brauchen das Uran aus den tibetischen Bergwerken für ihre chinesische Atomstreitmacht und ihre Atomkraft- werke, aber sie wollen dort nur ungern leben und arbeiten, denn die kommunistische Besatzungsmacht konnte im Gegensatz zum Tibetischen Buddhismus gegen den Bön-Zauber noch keinen Gegenzauber erfinden.

Unter Betrachtung der geschichtlichen Entwicklung Tibets ist festzu- halten, dass seit der Missionierung Tibets durch den indischen Meister Padmasambhava im achten Jahrhundert die Bön-Tradition massiv als die alte Konkurrenz-Religion bekämpft wurde. Diese alte Religion wurde zwar verdrängt und ist heute im Westen inzwischen so gut wie kaum bekannt, hat sich im Laufe der Jahrhunderte aber auch weiterentwickelt und sich dem Tibetischen Buddhismus sehr angenähert. Wie auch anderswo in der Welt werden von neuen Religionen über alte Religionen viele negative Aspekte in der Öffentlichkeit verbreitet, denn der Konkur- renzkampf und die Verdrängung ist immer begleitet von Verteuflungen, von Fehlinformationen und negativem Image. Bön ist in Tibet und den buddhistischen Nachbarländern deshalb auch heute noch mit einem negativen Image behaftet, wissenschaftlich kaum erforscht und noch weniger von westlichen Menschen studiert und praktiziert. Insofern kommt die Entscheidung des Dalai Lama einer religionswissenschaft- lichen Sensation gleich, die ihresgleichen in der Geschichte sucht, vergleichbar wie wenn der katholische Papst die neopaganistische Hexen- Religion Wicca[5] als Zweig des Christentums anerkennen würde. Auch hier müssen wie bei „Bön“ einige Leserinnen und Leser sicherlich erst einmal „googlen“, was „Wicca“ denn eigentlich ist.

Das Wort Bön bedeutet so viel wie „Wahrheit“, „Wirklichkeit“ oder „Wahre Lehre“. Gründer diese Tradition war Buddha Shenrab Miwoche

---

5   Glaubensrichtung des Neuheidentums, eine Mysterienreligion der Hexen

(tibetisch=tib. gsen.rab.mi.bo.), der angeblich vor vielen tausenden Jahren gelebt habe, manche schreiben von 18.000, andere von 30.000 Jahren. Aber hier ist es wie mit vielen anderen Traditionen Asiens auch so, dass es keine wissenschaftlichen Zeugnisse, Beweise oder Indizien gibt. Um einer Religion in Asien Respekt zu verschaffen, muss deshalb immer überliefert sein, dass sie sehr, sehr alt sei. So natürlich auch hier. In der Bön-Tradition gibt es auch andere widersprüchliche Angaben, dass beispielsweise Shenrab Miwoche erheblich später irgendwann zwischen dem 11. bis 7. Jahrhundert vor unserer Zeitrechnung gelebt habe. Auch das wäre allerdings noch vor Buddha Shakyamuni gewesen, der erst im 5. oder 4. Jahrhundert vor unserer Zeitrechnung gelebt hat. Sogar bei Buddha Shakyamuni sind Zeitangaben relativ, denn auch hier bemüht sich seit Jahrzehnten die westliche Forschung, fundierte wissenschaftliche Fakten zu rekonstruieren.

Buddha Shenrab Miwoche lebte angeblich in Olmo Lung Ring, ein spiritueller Ort vergleichbar mit dem Berg Kailasch, dem Berg Meru oder der Stadt Shambhala. Der Ort liegt im Land „Tagzig", manchmal auch „Tazig" geschrieben. Dieses Wort existiert interessanterweise auch sowohl im Persischen als auch im Arabischen. In der Bön-Tradititon wird beschrieben, dass Tagzig westlich des Königreichs Shangshung (tib. zhang.zhung.) lag. Das westtibetische Königreich Shangshung existierte bis 634 und lag in der Gegend um den Berg Kailasch, die Hauptstadt war Kyunglung. Das Land Tagzig liegt also irgendwo im indoeuropäischen Siedlungsbereich der heutigen Länder Pakistan, Afghanistan oder Iran. Es kann somit nicht ausgeschlossen werden, dass Bön auch Reste einer indoeuropäischen Ur-Religion enthält.

Da es nach alten Quellentexten nachweisbar bis zum 8. Jahrhundert noch keinen Religionsstifter in der Bön Tradition gab, kann davon ausgegangen werden, dass durch die Konfrontation mit Padmasambhava und dem Buddhismus eine alte tibetische Legende umgeformt und neu interpretiert wurde. Im Bön wurde so eine dem Buddha Shakyamuni gleichwertige biographische Legende erfunden, um künftig im theologischen Wettstreit mithalten zu können. Das zeigt sich auch schon im Namen des Bön-Buddhas, denn der Name „Shenrab Miwoche" enthält keinen Eigennamen, sondern bedeutet übersetzt „vorzüglichster der sGen-Priester".

Der Buddhismus kam schon sehr früh im 2. Jahrhundert vor unserer Zeitrechnung aus Indien über Afghanistan nach Persien und drang von dort über die Seidenstraße weiter nach Zentralasien vor. Der Buddhismus umging damals das Gebirgsmassiv des Himalaya quasi links herum und kam so bis China, Korea und Japan. Das war lange vor der im 8. Jahrhundert direkt aus Indien eingebrachten Tradition und der Missionierung in Tibet durch den indischen Meister Padmasambhava.

Es gibt auch Vermutungen, dass das Königreich Khotan an der Seidenstraße Ausgangspunkt der Bön-Tradition gewesen sei. Zumindest lassen sich damit einige schamanistische Inhalte dieser Tradition erklären, die auch ein wenig an den Schamanismus Sibiriens erinnern. Auch entsprang das tibetische Schriftsystem aus dem khotanesischen Alphabet, was aber durchaus auch andere Gründe haben kann.

Die Entstehung des Universums im Bön erinnert grundsätzlich an den Buddhismus mit den Abhidharma-Belehrungen über den Berg Meru, enthält aber auch alt-persische Elemente wie den Dualismus zwischen Licht und Dunkelheit. Auch die verschiedenen Götternamen und Gestalten im Tibetischen und im Alt-persischen sind sich sehr ähnlich.

Im Bön wird ausgiebig über den Zwischenzustand nach dem Tod (Bardo) und das Leben nach dem Tod berichtet. Im indischen Buddhismus wird der Bardo-Zustand aber nur erwähnt, aber nicht tiefer dargelegt, wohingegen die vier Traditionen des Tibetischen Buddhismus anscheinend dies auch sehr ausgiebig von der Bön-Tradition übernommen haben. Auch hier zeigen sich die gegenseitigen Beeinflussungen beider Grundrichtungen seit dem 8. Jahrhundert. Bön passte sich dem Tibetischen Buddhismus an und dieser wiederum musste Teile aus der Bön-Tradition übernehmen, um von der einfachen Landbevölkerung auch überhaupt akzeptiert zu werden. Ähnliches spielte sich auch damals zur selben Zeit im Frankenreich ab, als die heidnischen Gebräuche, Plätze und Feiertage schleichend Zug um Zug christianisiert werden mussten.

Vereinfacht kann angenommen werden, dass die tibetische Bön-Tradition eine sehr alte Mischung aus sibirischem Schamanismus, aus persischem Zoroastrismus, aus indischem Ur-Buddhismus, aus Tantrismus der dravidischen Urbevölkerung Indiens sowie aus „neubuddhistischen" Einflüssen der anderen vier tibetischen Traditionen sein könnte. Der Mischungsanteil ist hierbei aber nicht gleich verteilt, sondern schwankt erheblich. Bön ist aber auch nicht gleich Bön! Es gibt verschiedene Richtungen. Generell werden verschiedene Formen der Bön-Traditionen überliefert, die sich im Laufe der Zeit in Tibet entwickelt haben.

Der Alte Bön (tib. brdol.bon.) wird auch als Schwarzer Bön bezeichnet, manche sprechen auch gerne vom primitiven, archaischen oder schamanistischen Bön. Als vorherrschende Religion einer Zeit vor Einführung der Schrift wird diese Tradition auch als Bön der Gottheiten bezeichnet. Es gibt ein Pantheon von Göttern, Geistern und Dämonen, die bei den magischen Ritualen (Trance-Erlebnissen, Wahrsagungen, Opferungen, Wetterzauber und Dämonenvertreibungen) in Erscheinung treten. Ein zweiter und sehr wichtiger Aspekt sind die umfangreichen und sehr komplexen Begräbnisriten, die zudem von keiner Wiedergeburt ausgehen. Wissenschaftlich gibt es erhebliche Zweifel, ob diese Tradition überhaupt Bön ist, diese Tradition wird deshalb auch als die „namenlose Religion" bezeichnet. Sie existiert aber immer noch im tibetischen Großraum.

Der Yungdrung Bön (tib. gyung.drung.bon.) wird auch als „Ewiger Bön" oder „Swastika Bön" bezeichnet und geht auf den Buddha Shenrab Miwoche zurück. Die Lehren dieser Tradition umfassen etwa 200 Werke, die sich auch mit Kosmologie, Metaphysik, Heilkunde und Philosophie beschäftigen. Die Gottheiten des Alten Bön wurden als Meditations-Gottheiten in die Lehren integriert oder als Beschützer der Lehren mit eingebunden. Die Lehren des Yungdrung Bön teilen sich auf in die so genannten „Neun Wege", „Vier Pforten und eine Schatzkammer" und in die „Äußeren, Inneren und Geheimen Unterweisungen" (Sutra, Tantra und Dzogchen[6]). Dies hat eine gewisse Ähnlichkeit mit der Nyingma Tradition des Tibetischen Buddhismus. Es gibt auch Hinweise, dass Dzogchen, die Lehren über „Die Große Vollkommenheit", bereits vor Einführung der buddhistischen Lehren schon im westtibetischen Königreich Shangshung existierten.

Die Phase des reformierten Bön (tib. sgyur.bon.) begann im 11. Jahrhundert und zeichnet sich durch eine Systematisierung in einer zur Befreiung führenden Lehre aus, die offenbar eine Unzahl buddhistischer Elemente in sich aufnahm. Möglicherweise ein etwas anderer Begriff für Yungdrung Bön.

Die neue Bön-Tradition (tib. bon.gsar.) begann viel später sich von Kham aus zu verbreiten und zeichnet sich durch die direkte und als solche gelehrte Verbindung von Elementen der buddhistischen und Bön-Lehren

---

6   „Die Große Vollkommenheit", auch Atiyoga, Mahasandhi oder Maha Ati genannt, bezeichnet
Lehren, die traditionell in der Nyingma-Schule des tibetischen Buddhismus und im tibetischen
Bön als Essenz der Lehren Buddhas übertragen werden.

aus. Korrespondierende Lehren sowohl der Bön- als auch der Nyingma-Tradition werden dort als ein stufenweiser Weg gelehrt. Hier wird Padmasambhava genauso wie in der Nyingma-Tradition als Zweiter Buddha verehrt. Diese Tradition wird aber gleichermaßen von vielen Bönpos als auch von vielen Buddhisten als nicht authentisch bezeichnet.

Letztendlich gibt es noch die Richtung des Bön-Chö oder Bön-Nyingma. Ob diese Form der Verbindung buddhistischer Praktiken, die an vielen Orten im Himalaya zusammen praktiziert werden, irgendeiner Systematik im obigen Sinne folgen, ist bisher nicht ersichtlich. Häufig und lokal anzutreffen sind Lamas, die sowohl irgendeiner buddhistischen Tradition (bisher sind die Verbindungen sowohl von Kagyü- als auch von Nyingma-Praktiken bekannt) angehören und die entsprechenden Praktiken ausführen und gleichzeitig Schamanen sind. Sie verwenden Rituale für Verstorbene aus dem Kanon der Bön-Überlieferungen. Bisher sieht diese Vorgehensweise, wenn man sie im Lichte der bekannten, überlieferten Systeme der Bön und buddhistischen Traditionen anschaut, wie eine unsystematische Verbindung lokaler Praktiken und Überlieferungen aus. Generell bezieht sich der Begriff Bön-Chö auf die Verbindung von Praktiken der Bön-Traditionen und der Nyingma-Tradition. Manchmal wird auch Bön-Nyingma als Synonym für Bön Sar, die neue Bön-Tradition verwendet. Diese Form von Bön-Chö Praxis ist auch in Nepal sehr verbreitet; weitaus mehr, als man eventuell angesichts der massiven monastischen Dominanz erwarten würde. Diese Form wurde lange überliefert, bevor die Tibeter von den kommunistischen Chinesen „befreit" wurden. Somit handelt es sich dabei nicht um eine bloße Exil-Manifestation, ganz im Gegensatz zu den monastischen Konzentrationen der buddhistischen Traditionen heute im Kathmandu-Tal. Auch sind diese Formen - typisch für Nepal - über einige Jahrhunderte hinweg ohne Probleme sogar parallel praktiziert worden, also in unmittelbarer Nachbarschaft zu anderen Gruppierungen mit teilweise vollkommen unterschiedlichen Praxisformen und Traditionen.

Abschließend kann festgehalten werden, Bön ist vielschichtig, wandlungsfähig, hochkomplex und wirklich alt. Für religionsgeschichtliche Forschungen ist hier noch ausreichendes Material vorhanden, das trotz der derzeit abgeschotteten Situation in Tibet noch viele Generationen beschäftigen kann. Und vor den Bön-Praktiken und -Ritualen müssen sich nur diejenigen fürchten, die nicht an Zauberei glauben, denn es könnte ihr Weltgefüge im Kopf beschädigen.

Das historische Vorfeld

Streng genommen kann die Wissenschaft noch nicht erklären, woher die Tibeter ursprünglich kamen und mit welchen Völkern sie verwandt gewesen seien, das hatte wohl durch die Zeitläufe verloren gehen wollen. Auch die ersten 26 tibetischen Könige sind wissenschaftlich nicht belegbar und möchten noch unhistorisch bleiben. Sogar der Ursprung der vermutlich aus dem Süden stammenden Yarlung-Dynastie, die zunächst Zentraltibet und dann den Rest des tibetischen Hochplateaus eroberte, wird sich nicht zu erkennen geben wollen.

Jedenfalls ist es für ein tieferes Verständnis der Dorje Tshomo Chime Tradition unerlässlich, einen wichtigen historischen Kontext Tibets im Hintergrund als roten Faden auszurollen. Denn auch Tibet ist nur ein von Menschen geschaffenes Konstrukt, in dem es noch nie friedlich und harmonisch zuging. Insofern ist die derzeitige chinesische Besetzung Tibets auch nur ein vorübergehendes Phänomen, das sich in den Nebeln der historischen Zeitläufe irgendwann wieder als vielleicht unbedeutende Episode verlieren wird.

Zentraltibet wurde geeint von König Namri Songtsen (tib. gnam.ri. srong.btsan.) (regierte 570-618), dessen Sohn Songtsen Gampo (tib. srong.btsan.sgam.po.) (618-649) dann die Herrschaft im Innern festigte, das Einflussgebiet nach Nordosten ausdehnte, auch Nepal im Süden unterwarf und neben Nepal auch Heiratsverbindungen mit China herstellte. Hierbei entstanden auch die ersten Kontakte mit dem chinesischen und nepalesischen Buddhismus. Er ließ in Lhasa für seine buddhistischen Prinzessinnen den ersten buddhistischen Tempel Ramoche errichten. Die tibetisch-chinesischen Beziehungen blieben bis zum Tode des Songtsen Gampo freundschaftlich.

Der Enkel Mansong Mangtsen (tib. mang.srong.mang.btsan.) übernahm nach dem Tod seines Großvaters dessen Stellung als Herrscher (649-676). Das Reich dehnte sich weiter nach Norden und Nordwesten aus. Tibet alliierte sich mit türkischen Stämmen gegen eine chinesische Vorherrschaft im Tarim-Becken[7], die mit den erfolgreichen militärischen Aktionen Tibets dann ihr vorläufiges Ende fand.

---

7   Abflussloses Becken in Zentralasien, im Zentrum die Wüste Taklamakan

Als der Herrscher starb, hatte gerade sein Sohn Düsong Mangpojé (tib. 'dus.srong.mang.po.rje.) (676-704) das Licht der Welt erblickt. Bestätigt wurde Düsong Mangpojé als Herrscher erst im Winter 685/686 und als er begann, seine Herrscherrechte gegenüber dem mächtigen Mgar Clan geltend zu machen, führte dies zu inneren Machtkämpfen im Reich, die für Tibets Ausdehnungspolitik in Zentralasien nur Nachteile mit sich brachten. China konnte so 692 wieder die Vorherrschaft im Tarim-Becken erringen. Tibets Verluste im Tarim-Becken wurden bis 704 ausgeglichen durch tibetische Aktivitäten im Westen bis hin zum Pamirgebiet, wohl um die Handelswege offen zu halten.

Sein älterer Sohn Lha Balpo (tib. lha.bal.po.) (704-705) wurde von der mächtigen Herrscherwitwe Khri ma-lod (tib. dro.za.tri.ma.lö.) (705-712) abgesetzt. Dies war die einzige Frau in der Geschichte Tibets, die für einige Jahre Tibet regierte. Khri ma-lod führte die Geschäfte für den jüngeren Sohn, der als Tridé Tsugten (tib. khri.lde.gtsug.brtan.) (712-755) Tibet später lange regierte. Den gewaltsamen Regierungswechsel durch Khri ma-lod hatten Aufstände und Hinrichtungen begleitet, die Tibet im Innern in Unruhe hielten.

Nach dem Tod der Khri ma-lod und dem Regierungsantritt des erst achtjährigen Tridé Tsugten im Jahre 712 begann dann für Tibet eine neue politische Ära. Außenpolitisch sah sich Tibet im Osten einem expandie-renden Tang-China[8], im Westen dem vorrückenden Feldherrn Qutaiba ibn Muslim des arabischen Umayyaden-Kalifats[9] und in Innerasien dem Niedergang des Khaganats der Göktürken[10] gegenüber. Tibet reagierte auf diese Gegebenheiten durch Versuche, auf die türkischen On Oq Gebiete Einfluss zu gewinnen, begann mit Einfällen gegen China, die über den Gelben Fluss hinweg vorgetragen wurden und ließ sich um 715 auf eine kurze Allianz mit den Arabern ein. Ende desselben Jahres erreichten chinesische Tang-Truppen das Fergana-Tal im heutigen Usbekistan. Im Jahre 715 waren somit die damals bedeutsamsten Expansionskräfte im zentralasiatischen Großraum (von Westen her die Araber, von Süden her die Tibeter und von Osten her die Tang-Chinesen) zusammengetroffen. Man kann für diesen Zeitpunkt durchaus von der Existenz eines zentralasiatischen Kräfteausgleichs sprechen.

---

8 Die chinesische Kaiserdynastie der Tang regierte 618-907
9 Familienclan des arabischen Stammes der Quraisch aus Mekka, dem auch der Religionsgründer
   Mohammed entstammte, regierte 661-750, sunnitisch
10 Ein Reich nomadischer Stämme, existierte mit Unterbrechungen von 552-744

Die tibetische Außenpolitik war dann vom Machtaufstieg des westtür-kischen Türgeš-Generals Sulu beeinflusst, der mit dem Herrscherhaus Tibets eheliche Verbindungen einging. 727 fielen die Tibeter zusammen mit Streitkräften der Türgeš unter Sulu in Tang-China ein. Als Alliierte der westtürkischen Türgeš im westlichen Zentralasien kämpften sie auch gegen die Araber.

739 erlitt Tibet dann militärische Niederlagen gegen Tang-China. Ursache war eine Pockenepidemie in Tibet, die auch die chinesische Frau des tibetischen Königs hinwegraffte. Da die Seuche angeblich von buddhistischen Geistlichen in Tibet eingeschleppt worden sein soll, nahmen die anti-buddhistisch eingestellten Bön-Minister und die tibeti-schen Adeligen die Gelegenheit wahr, die allseits unliebsamen buddhisti-schen Geistlichen, die nach Tibet zugezogen waren, wieder aus Tibet zu verjagen.

Ab 740 eskalierten die tibetisch-chinesischen Auseinandersetzungen 747 wurden die tibetischen Streitkräfte vernichtend geschlagen, Tang-China übernahm 750 die Macht im Tarim-Becken und in der Pamir-Kara-korum-Region. Auch die westtürkischen Türgeš, die zu dieser Zeit mit den Qarluq um die Vorherrschaft in ihren Territorien kämpften, wurden zurückgeschlagen.

Im Jahre 750 war im fernen Westen eine neue Macht ans Ruder gekommen: Die Dynastie der Abbasiden[11] löste die Dynastie der Umayyaden ab, der neue Kalif meldete gleich seine Ansprüche in Mittel-asien durch die Rückeroberung bedeutender Städte wie Samarkand und Buchara an. Politisch und militärisch war Tibet deshalb von Ost und West gleichzeitig bedrängt.

755 änderte sich aber die Lage. Tridé Tsugten wurde im Verlauf einer von seinen Ministern angezettelten Revolte gegen die pro-chinesische Politik des Königs ermordet. Als sich dann sein vierzehnjähriger Sohn Trisong Detsen (tib. khri.srong.lde.btsan.) (756-797) auf den Thron setzte, wurde Tibet zum Höhepunkt seiner Macht geführt. Auch in China erfolgte ein Machtwechsel. 756 sah sich der Xuanzong-Kaiser der Tang durch Aufstände derart bedrängt, dass er nach Sichuan fliehen musste, sein Kronprinz riss dann die Macht an sich.

---

11 Clan der Haschemiten, regierte 750-1258, Vorform der iranischen Schiiten

Unmittelbarer Anlass für erste tibetischen Militäraktionen war der Rückzug der Tang aus Zentralasien. Dem chinesischen Rückzug folgte noch 756 die tibetische Einnahme von Tang-Befestigungen an der tibetischen Ostgrenze. Militärisch errangen die Tibeter auch in den darauffolgenden Jahren bemerkenswerte Erfolge. Tibetische Aktionen erstreckten sich 763 sogar bis hinein in von Chinesen dauerhaft bewohnte Territorien, auch die damalige chinesische Hauptstadt Chang'an[12] wurde kurzzeitig erobert. Das gegen Tang-China gerichtete militärische Engagement Tibets schnitt Tang-China bis zum Ende dieser Ära vom Westen ab und verdrängte die Chinesen wieder aus dem Tarim-Becken.

789 bis 792 bekämpften die Tibeter in dieser Region die Uiguren, die hier die Handelswege mit hohen Wegzöllen belegten. Von den uigurischen Zöllen hart betroffene Stämme der türkischen Shatuo und Qarluq schlossen sich den Tibetern an.

Im Jahr 769 holte Trisong Detsen den indischen Guru Rinpoche Padmasambhava nach Tibet, um in Samye ein buddhistisches Kloster zu errichten. Denn der Vater des Königs Trisong Detsen, Thride Tsugten hatte damals die chinesisch-buddhistische Prinzessin Jinshing geheiratet. Diese pro-chinesische Politik missfiel aber der ultrakonservativen Fraktion so sehr, dass er bei einem Attentat ermordet wurde. Es bestand somit ein Machtkampf zwischen der chinesisch-buddhistischen Fraktion und der ultrakonservativen Bön-Fraktion. Dem wollte König Trisong Detsen aus dem Weg gehen, indem er eine dritte Fraktion erschuf, die im neugegründeten Kloster Samye heranreifte.

Im Kloster Samye wurden die Texte aus dem ehemaligen westtibetischen Königreich Shangshung, aus chinesischen Sprachen und auch aus indischen Sprachen ins Tibetische übersetzt, darunter waren sogar Bön-Texte über Begräbnis-Zeremonien. Zwischen dem indischen und dem chinesischen Buddhismus gab es am Königshof lange einen Streit, welcher Buddhismus für Tibet besser sei. Innerhalb des tibetischen Königshofes gab es nun drei Fraktionen: eine ultrakonservative, fremdenfeindliche einheimische Fraktion (Bön), eine pro-indische Fraktion (König Trisong Detsen, Prinzessin Yeshe Tsogyal sowie Padmasambhava und seine weitere Gefolgschaft) und eine pro-chinesische Fraktion.

König Trisong Detsen wollte die ultrakonservative und die chinesische Fraktion loswerden. Die von ihm einberufene große Streitdebatte über den

---

12 Das heutige Xi'an

richtigen Buddhismus gewann die indische Fraktion, die chinesische Fraktion verlor deshalb ihren Einfluss und musste sich aus Tibet weitgehend zurückziehen. Aufgrund dieses religiösen Konzils in Tibet wurde 779 der indische Buddhismus zur neuen tibetischen Staatsreligion erklärt. Der König schwächte auch die alte ultrakonservative Fraktion, indem er alle konservativen Bön-Minister und politischen Bön-Persönlichkeiten ins Exil schickte. Die Bön-Bestattungsrituale und die Bön-Opferrituale wurden hingegen am Königshof interessanterweise beibehalten. Erst 784 begann dann eine landesweite Verfolgung von Bön-Anhängern in Tibet.

Insofern kann erkannt werden, dass es in diesem Machtkampf nicht um religiöse oder rituelle Angelegenheiten ging, sondern rein um politische Angelegenheiten und Machtkämpfe innerhalb des tibetischen Adels. Zudem darf nicht vergessen werden, dass die uns bekannte Trennung von Religion und Politik eine europäische Entwicklung ist, die sich erst mit der Französischen Revolution durchsetzte. In Tibet war zur damaligen Zeit die Bön-Religion zugleich auch die Staatsreligion.

Dem jungen König Trisong Detsen kann durchaus unterstellt werden, dass er sein sehr unzugängliches und zersplittertes Reich zu einem totalitären System umbauen wollte. Dazu musste er die Bön Tradition zurückdrängen, die zugleich das Herrschaftsinstrument der alten Familiendynastien war, denn aus den Reihen der Bönpo-Sippen kamen alle einflussreichen Minister und Beamte, die ja das eigentliche Geschick des Staates lenkten. Auf der anderen gegnerischen Seite standen die einflussreichen Sippen von Händlern, die mit den buddhistischen Chinesen gute Geschäfte machten und indirekt die chinesischen Interessen in Tibet umsetzten. Dem jungen König gelang durch die Einführung einer neuen Staatsreligion, die sich an die magische und mystische Welt des schamanistischen Bön anlehnte, eine Stärkung des Königshauses. Er legte damit die Grundlage für eine feudale Herrschaftsform mit neuen Institutionen, mit Tempeln und Klöstern, mit einer einheitlichen Schrift und einer zentralistischen Reichspolitik. Zugleich verbunden damit war die geistige und kulturelle Öffnung des Landes hin zu den nachbarlichen Hochkulturen in China und Indien.

König Trisong Detsen hatte die Macht nur bis 797 inne. Wissenschaftlich noch ungeklärt ist, ob er 797 als Mönch die Macht abgab, eines natürlichen Todes starb oder von seiner ersten Gemahlin, die eine erbitterte Gegnerin des Buddhismus war, vergiftet wurde. Trisong Detsen hatte vier Söhne, der Älteste starb bereits in der Kindheit. Nachfolger von König Trisong Detsen wurde 797 sein zweiter Sohn Muné Tsenpo (tib. mu-ne.btsan.po.) (797-799), der in seiner kurzen Regierungszeit erfolglos einige Landreformen versuchte. Seine Mutter Tsepangsa Magyal Dongkar (tib. tshe.spong.bza.rma.rgyal.ldon.skar.) vergiftet zuerst ihre buddhistische Schwiegertochter und dann ihn selbst, weil er seinen Vater nach buddhistischen Riten hatte bestatten lassen.

Dann wurde Trisong Detsens dritter Sohn Murug Tsenpo (tib. mu.rug.btsan.po.) (799-804) aus dem Exil geholt, der aber 804 dann ein gewaltsames Ende fand. Er war von seinem Vater damals wegen eines Mordes ins Exil geschickt worden; als er zurückkam, wurde an ihm Rache genommen. Schließlich wurde der vierte Sohn Tri Desongtsen (tib. khri. lde.srong.btsan.) (804-815) tibetischer König. Er belagerte die arabisch beherrschte Stadt Samarkand und förderte weiterhin die Übersetzung buddhistischer Texte.

Sein Sohn Tri Tsugdetsen (tib. khri.gtsug.lde.brstan.) wurde 815 der nächste tibetische König. Unter seiner Regierung wurde das erste Sanskrit-Tibetische Lexikon „Das Große (Lexikon) zum Verstehen Spezifischer (Termini)" (tib. bye.brag.tu.rtogs.pa.chen.po., Sanskrit=skt. Mahavyutpatti) zusammengestellt. Er führte eine Religionssteuer ein, jeweils sieben Haushalte mussten einen Mönch finanzieren. Die Macht der Klöster wuchs dadurch enorm an und ein neugegründeter religiöser Rat der Klostermönche nahm nun auch erheblichen Einfluss auf die Politik. Hingegen wurde die Macht des Landadels erheblich beschnitten. Tri Tsugdetsen wurde dann 836 vermutlich deshalb ermordet.

Sein Bruder Tri Uidumtsen (tib. khri.'u'i.dum.brtsan.) wurde 836 dann der nächste und letzte tibetische König. Respektlos wurde er Langdarma (tib. glang.dar.ma.), also „Junger Bulle" genannt. Er ließ alle Tempel und Klöster schließen, ließ glücklicherweise aber die kostbaren Bibliotheken unversehrt stehen. Die buddhistischen Mönche wurden mit Gewalt gezwungen, entweder zu heiraten oder zur Bön-Tradition zu konvertieren. Wer sich weigerte, wurde ermordet. Dadurch brach in Zentraltibet der Buddhismus wieder zusammen. Die enorm belastende Religionssteuer wurde vom König wieder abgeschafft und der religiöse Rat wurde aufgelöst. 842 wurde Tri Uidumtsen von einem der 25 Schüler Padmasambhavas, Lhalung Palgyi Dorje ermordet. Denn dieser war der abgesetzte Leiter des religiösen Rates und der vormalige Abt des Klosters Samye gewesen.

Danach zerfiel das tibetische Großreich der Yarlung-Dynastie für vier Jahrhunderte in viele kleine Königreiche mit dezentraler Macht und andauernden, schwelenden Machtkämpfen. Die Bön-Tradition lebte aber im Volk weiter, die buddhistischen Klöster blieben leer und verfielen zusehends. Lediglich die Bibliotheken wurden durch die Zeit gerettet, wobei aber auch hier manches verrottete oder anderweitig verloren ging.

Während der Verbannung, Verfolgung und Vertreibung der Bön-Anhänger wurden viele Shangshung-Texte von den Bönpos eingemauert, vergraben oder in Höhlen versteckt. Sie verbargen sowohl Bön-Lehren als auch Dzogchen-Texte. Später verbarg auch Padmasambhava mit seinen Nyingmapas seine Dzogchen-Texte und viele anderen Texte aus den Klöstern, als wiederum die Verfolgung der Buddhisten einsetzte.

Im Laufe der Zeit wurden dann diese verborgenen Termas[13] (tib. gter.ma.) wieder aufgefunden und ab 1057 gründeten sich Klöster der verschiedenen Traditionen.

Die Kadam-Tradition (tib. bka'.gdams.) ist eine buddhistische Tradition, die etwa 1057 im Kloster Radreng (tib. rva.sgreng.rgyal.ba'i. dben.gnas.) nördlich von Lhasa entstand. Sie baut auf den indischen Meister Atisha (tib. jo.bo.che.dpal.ldan.a.ti.sha.) aus Nordindien auf, der von Lha Lama Yeshe-Ö (tib. lha.bla.ma.yes.shes.'od.) nach Ngari geholt wurde. Atishas Schüler und Gefährte Dromtönpa (tib. brom.ston.rgyal. ba'i.byung.gnas.) gründete diese Tradition, die sich später Anfang des 15. Jahrhunderts dann in die Gelug-Tradition umbenannte. Aus dieser Tradition entstammen alle Dalai Lamas, der Titel wurde erstmals 1578 von Altan Khan verliehen, der den Tibetischen Buddhismus auch in der Mongolei förderte und als mongolische Staatsreligion einführte. Die Gelug-Mönche tragen gelbe Mützen.

Die ersten Bön-Texte, die in den Klostermauern von Samye verborgen worden waren, konnten durch Zufall 913 wieder entdeckt werden. Der größte Teil der Bön-Texte wiederum wurden von dem Bönpo Shenchen Luga (tib. gshen.chen.klu.dga.) etwa 1017 entdeckt und systematisiert. 1072 gründete Druje Yungdrung Lama (tib. bru.rjeg.yung.drung.bla.ma.) in Tsang das erste Bön-Kloster Yäru-Ensaka (tib. g.yas.ru.dben.sa.kha.

---

13 „Verborgene Schätze" wie religiöse Lehren, Ritualgegenstände, Reliquien

dgon.pa.) und etablierte eine reformierte und systematisierte Bön-Tradition. Die Bön-Mönche tragen unter ihren roten Roben blaue Untergewänder.

1073 wurde das Kloster Sakya (tib. sa.skya.dgon.pa.) in Tsang (tib. gtsang.) von Kon Konchog-Gyelpo (tib. khon.dkon.mchog.rgyal.po.) gegründet. Nach diesem Kloster ist die Sakya-Tradition (tib. sa.skya.) benannt. Die Sakya-Tradition wurde von den „fünf ehrwürdigen höchsten Meistern", die zwischen 1092 und 1280 lebten, zu ihrer vollen Blüte gebracht. Der wichtigste Teil der tantrischen Lehren der Sakya Tradition wurde von Bari Lotsawa (1040–1112) übersetzt, der aus Ost-Kham nach Indien zum Meister Virupa reiste und das Hevajra-Tantra sowie das Guhyasamaja-Tantra übersetzte und nach Tibet brachte. Alle bedeutenden Lamas der Sakya Tradition entstammen aus den Häusern des Khön-Clans. Die Sakya-Mönche tragen rote Mützen.

Die dritte große Sarma-Tradition neben derjenigen der Kadam und der Sakya ist die Kagyü-Tradition (tib. bka'.brgyud.). Ihre wichtigste Überlieferungslinie ging von dem indischen Meister Tilopa aus und verlief über den indischen Meister Naropa zum tibetischen Übersetzer Marpa (tib. mar.pa.lo.tsa.ba.chos.kyi.blo.gros.), seinem Schüler Milarepa (tib. mi.la.bzhad.pa.rdo.rje.) und Milarepas Schüler Gampopa (tib. sgam. po.pa.bsod.nams.rin.chen.). Zwischen 1158 und 1205 wurden die Klöster Pagdrui Densatel (tib. phag.gru'i.gdan.sa.thel.), Barom (tib. 'ba'.rom. dgon.pa.), Tsel Yanggön (tib. tshal.yang.dgon.grva.tshang.), Drigungtil (tib. 'bri.gung.mthil.'og.min.byang.chub.gling.), Taglungpa (tib. stag. lung.gi.dgon.pa.), Tsurpu (tib. tshur.phu.dgon.pa.) und Namgyipur (tib. gnam.gyi.phur.dgon.pa.) gegründet. Die Kagyü-Mönche tragen grundsätzlich rote Mützen. Lediglich die Mönche der Karma-Kamtsang-Kagyü (tib. kar.ma.kam.tshang.bka'.brgyud.) tragen schwarze Mützen.

Anfang des 11. Jahrhunderts fand der Mönch Sang-Gye Lama (tib. sangs.rgyas.bla.ma.) erste Nyingma-Schatztexte in einem Tempel bei Ngari. „Nyingma" heißt die „Alte" Schule, die nach der buddhistische Tradition Padmasambhavas benannt wurde. 1038 entdeckte Drapa Ngönshe (tib. gra.pa.mngon.shes.) mehrere Nyingma-Schatztexte, die in Samye verborgen lagen. Er offenbarte auch „Die Vier Glorreichen Tantras des Medizinischen Wissens" (tib. gso.ba.rig.pa.dpal.ldan.rgyud.bzhi.), die ebenfalls im Kloster verborgen waren. Das erste neue Nyingma-Kloster Katog-Dorjeden (tib. ka.thog.rdo.rje.gdan.dgon.pa.) entstand 1159 im südöstlichen Tibet in Kham, gegründet von Ka Dampa-Desheg (tib. ka. dam.pa.bde.gshegs.) und förderte die Nyingma-Tradition. Die Nyingma-Mönche tragen rote Mützen. Besonders in dieser Tradition gibt es auch noch eine nicht-monastische Form, diese Lamas tragen weiße Kleidung, haben lange Haare und nennen sich als Mann Ngagpa, als Frau hingegen Ngagmo.

Durch die nun zunehmende Macht und zunehmenden Machtkämpfe der Klöster löste sich der Einfluss der vereinzelten kleinen Königreiche in Tibet langsam auf und es entstand der größte Mönchs- und Kirchenstaat in der Geschichte der Menschheit, der erst Mitte des 20. Jahrhunderts dann gewaltsam vernichtet wurde.

Als Tibet dann 1240 von den Mongolen unter Güyük Khan erobert und besetzt wurde, gab es bereits die wichtigsten Klöster der fünf großen Traditionen in Tibet. Bis Mitte des 14. Jahrhunderts wurden dann Mönche der Sakya Tradition von den mongolischen Khans als Vizekönige einge-setzt.

In China, das in dieser Zeit auch von den Mongolen besetzt und beherrscht wurde, kam es etwa im mittleren Drittel des 14. Jahrhunderts zu einer Reihe von Überschwemmungen, zum Zusammenbruch des Fernhandels, zum Anstieg von Korruption in der Verwaltung und letzt-endlich auch noch zu einer Pestepidemie. Das förderte in der chinesischen Bevölkerung die Bereitschaft zu Aufständen. Bereits seit 1133 existierte in China der „Weiße Lotus", eine buddhistisch-taoistische Sekte von armen, ausgebeuteten und unterprivilegierten Chinesen. Mitte des 14. Jahrhunderts bildete sich aus dieser Sekte dann die Rebellenbewegung „Die Roten Turbane".

1352 trat ein unscheinbarer Chinese aus einfachsten bäuerlichen Verhältnissen dieser Rebellenbewegung bei. Zhu Yuanhang hätte fast als Vorbild für Napoleon oder Mao Zedong dienen können, denn dieser Zhu Yuanhang machte in kurzer Zeit eine steile Karriere innerhalb der Rebel-lenbewegung und wurde schließlich der Anführer. In dem angezettelten Bürgerkrieg gelang es ihm und seiner inzwischen auf etwa 250.000 Mann angewachsenen Armee, die Vorherrschaft der Mongolen zu zerstören und ihre damalige Hauptstadt (das heutige Peking) zu besetzen. Am 14. September 1368 gründete er eine neue chinesische Kaiserdynastie (bekannt als Ming Dynastie) und nannte sich fortan Kaiser Hongwu.

Begleitet durch diesen chinesischen Bürgerkrieg bröckelte die Macht der Mongolen auch in Tibet. Auch dort kam es zu Unruhen und Aufständen, aber die Machtverhältnisse ordneten sich nicht gänzlich neu. In diese turbulente Zeit hinein wurde Dorje Tshomo Chime 1346 in Kham geboren und lebte bis 1411.

Tibet verblieb weiterhin im mongolischen Einflussbereich bis Anfang des 18. Jahrhunderts. Ende des 15. Jahrhundert begann in Tibet ein Bürgerkrieg, der etwa 150 Jahre andauerte. 1578 wurde dann erstmals der Ehrentitel Dalai Lama von dem mongolischen Herrscher Altan Khan verliehen. Sönam Gyatsho stammte aus der Gelug Tradition, die nun die politische Vormachtstellung in Tibet übernehmen sollte. Er war aber nicht der erste, sondern der dritte Dalai Lama, da seinen beiden Vorgängern posthum noch der Titel verliehen wurde. Der fünfte Dalai Lama war es schließlich, der 1642 von den Mongolen die politische Kontrolle über Tibet übertragen bekam, um endlich den Bürgerkrieg zu beenden und Einheit und Stabilität im Land zu fördern. Ihm gelang dann die Versöhnung der unterschiedlichen Traditionen in Tibet, die sich jahrhundertelang gegenseitig bekämpft hatten.

1720 geriet Tibet dann unter die Vormacht der chinesischen Mandschu-Dynastie[14], bekannt auch als Qing-Dynastie. Tibet wurde weitgehend autonom vom Dalai Lama regiert, der aber wiederum durch einen chinesischen Amban[15] beaufsichtigt wurde.

Im Wettlauf zwischen den Russen und Briten über Zentralasien wurden Teile Tibets dann 1903 kurzfristig von britisch-indischen Truppen besetzt, um den Tibetern für die Briten günstige Handelsverträge zu diktieren.

Am 14. Februar 1913 proklamierte der dreizehnte Dalai Lama dann die staatliche Unabhängigkeit Tibets. China konnte dagegen nichts unternehmen, da es mit sich selbst durch die Xinhai-Revolution von 1911 beschäftigt war. Das Mandschu-Kaisertum wurde nämlich abgeschafft, China wurde eine Republik. Auf diesen Umsturz folgten jahrzehntelange Machtkämpfe und Bürgerkriege in China, die sich letztendlich bis 1949 und darüber hinaus hinzogen.

---

14 Mandschu-Dynastie, auch als Qing-Dynastie bezeichnet, regierte 1616-1911
15 Kaiserlicher Gesandter und Resident des tibetischen Protektorats, mit Unterschriftvollmacht

1950 wurde Tibet dann von der chinesischen Volksbefreiungsarmee besetzt, die Vormachtstellung des Dalai Lama wurde aber noch einige Zeit anerkannt. Als es dann in Tibet zu Aufständen und zu einem Partisanenkrieg kam, musste 1959 die tibetische Regierung ins indische Exil fliehen. 1974 stellte die CIA dann die Unterstützung tibetischer Partisanen ein, da es zwischen China und den USA zu einer politischen Entspannung kam.

Das heutige Tibet ist inzwischen faktisch ein fester Bestandteil des kommunistischen Chinas. Einige Teile Tibets wie Amdo und Kham wurden abgetrennt und in chinesische Provinzen eingegliedert. Der Deutsche Bundestag stellte 1996 mit großer Mehrheit fest: „Beginnend mit den unmenschlichen Militäraktionen seit dem Einmarsch Chinas im Jahr 1950, dauert die gewaltsame Unterdrückung Tibets und seines Strebens nach politischer, ethnischer, kultureller und religiöser Selbstbestimmung bis heute an. Die fortgesetzte Repressionspolitik Chinas in Tibet hat schwere Menschenrechtsverletzungen, Umweltzerstörungen sowie massive wirtschaftliche, soziale, rechtliche und politische Benachteiligungen der tibetischen Bevölkerung und letztlich die Sinisierung[16] Tibets zur Folge."

Das war 1996. Heute nach zwanzig Jahren wird pragmatischer mit China umgegangen. In der heutigen Zeit sind gute Geschäfte wichtiger als Moral, Menschenrechte und Religionsfreiheit.

China selbst hat sich aber katastrophal verändert. Das turbokapitalistische Strohfeuer der pseudokommunistischen Machtelite hat im eigenen Land Ackerboden, Trinkwasser und Atemluft so nachhaltig geschädigt, dass Volksaufstände, Bürgerkriege und Massenmorde zu erwarten sind, was aber in der langfristigen chinesischen Geschichtsschreibung leider eh fast schon zum Alltag gehört. Das militärische Drohgehabe Chinas hat die umliegenden Nachbarstaaten bereits grundlegend verstört. Das chinesische Geschäftsgebaren in Handel, Industrie und im Patentrecht hat auch viele ausländische Konzerne zum Umdenken gebracht, die ausländischen Investoren wurden vorsichtiger.

Durch den Verkauf von gigantischen Mengen billiger Massenwaren wurden Billionen US-Dollar angehäuft, die China dann in US-Staatsanleihen investiert hat. Hier haben sich zwei Weltmächte ineinander verwoben und sind vom jeweiligen Gegner nun total abhängig. Der Ein-

---

16 Die Sinisierung bedeutet, die gesellschaftliche Kultur chinesisch zu formen.

Parteien-Staat China und der Zwei-Parteien-Staat USA entfernen sich mehr und mehr von irgendeiner Zukunftsvision von Demokratie und Bürgerfreiheit und warten nur noch auf den großen Knall der Staatsbankrotte.

Auf diesen Knall warten geduldig auch die Tibeter, denn durch ihre Geschichte haben sie gelernt, dass ihre Berge und Hochtäler im Himalaya immer nur kurzfristig fremdbestimmt wurden. Allein auch gesundheitlich konnten sich hier in dieser dünnen Höhenluft nie Araber, Mongolen, Chinesen oder Inder langfristig niederlassen. Bei einem Druckabfall der Sauerstoffversorgung sind Tibeter hingegen erheblich länger reaktionsfähig, sie werden deshalb vielleicht eines Tages bevorzugte Astronauten auf Raumstationen und auf Mond- oder Marsstationen sein. Aber das liegt wohl noch in einer fernen Zukunft verborgen.

Meister Padmasambhava

Indien ist auch heute noch ein mystisches Land, das immer für Überraschungen gut ist. Das wussten auch damals die Tibeter. Misstrauisch, aber mit Bewunderung für die so ganz anders geartete Hochkultur beobachteten die tibetischen Adelsfamilien das Treiben im südlichen Flachland jenseits ihrer Berge. Gerne wurden deshalb besondere Gelehrte nach Tibet eingeladen, um wundersame Dinge zu vernehmen. Eines Tages wurde auch der indische Meister Padmasambhava nach Tibet eingeladen.

Hier findet sich ein kurzer Abriss der Lebensgeschichte von Padmasambhava, dem Lotusgeborenen, der stets auch als Guru Rinpoche bezeichnet wird. Ohne ihn hätte es die tibetisch-buddhistisch-tantrische Tradition zu beiden Seiten des Himalaya niemals geben können und ohne sein Wirken ist ein Verständnis und eine Zuwendung zur Dorje Tshomo Chime Tradition nicht möglich.

Diese kurze Lebensgeschichte erhebt keinesfalls den Anspruch auf Vollständigkeit, sondern soll nur dazu dienen, ein allgemeines Gespür zu bekommen, von wem gesprochen wird, wenn von Padmasambhava die Rede ist. Von den vollständigen Geschichten, die sein Leben erzählen, sind einige bereits in westliche Sprachen übersetzt worden.

Padmasambhava ist ein Sanskrit-Begriff, der bedeutet: „Der aus dem Lotus Geborene". Er wird gesehen als der Geist Avalokiteshvaras[17], als die Rede Amitabhas[18] und als der Körper von Buddha Shakyamuni.

Buddha Shakyamuni hatte als eines seiner letzten Testamente vor seinem Parinirvana[19] gelehrt, dass Jahre nach seinem Ableben ein Wesen aus einem Lotus in einem makellosen See geboren werden würde, welches weiser und mächtiger als er selbst sein würde, so die Überlieferung.

Man soll das nicht ernsthaft wörtlich nehmen. Zur damaligen Zeit wurde vieles verklausuliert, reichhaltig ausgeschmückt und für das einfache Publikum spannend und symbolhaft aufbereitet. Hinzu kommen über die Jahrhunderte, wenn nicht sogar über die Jahrtausende hinweg die

---

17 Ein Erleuchtungswesen, das die Verkörperung des Mitgefühls darstellt
18 Einer der fünf großen transzendenten Urbuddhas
19 Physischer Tod

üblichen Übersetzungsfehler, Interpretationsabweichungen und Schreibfehler.

Es wird manchmal überliefert, dass Buddha Shakyamuni zwar die Sutralehren gelehrt hat, aber im Geheimen manche tantrischen Lehren gewährt haben soll. Manche aber lehren, er habe außer den äußeren Tantras nichts gelehrt. Wiederum manche andere lehren, er habe alle Tantras gegeben, aber unter Ausschluss derer, die er für nicht geeignet hielt. Die meisten dagegen lehren, er habe keines der Tantras gewährt. Es ist also wie im richtigen Leben: jeder sucht sich das aus, was er mag und leugnet, dass es angeblich noch etwas anderes gegeben habe.

Padmasambhava aber kam, um speziell die Tantras zu lehren, denn es wird auch überliefert, dass er genau deshalb und nur deshalb erschienen sei.

Buddha Shakyamuni personifiziert daher das zentrale Prinzip des Mahayana Buddhismus. Padmasambhava personifiziert hingegen das Guru Prinzip, was der Kern des Tantrischen Buddhismus ist. Daher wird er stets auch als der Zweite Buddha bezeichnet. Die Priorität der Lehren lag bei Buddha Shakyamuni in den Mahayana Lehren und bei Padmasambhava im Vajrayana, den geheimen tantrischen Lehren.

Im Lande Oddiyana, wovon häufig gesagt wird, dass es im heutigen Swat Tal in Pakistan liegt, lebte ein König, der den Namen Indrabodhi trug. Er war ein guter König, der aber unglücklich war, da er seinen einzigen Sohn verloren hatte.

Zu dieser Zeit erstrahlten aus dem Herzen Amitabhas, dem Buddha des Westens, zahllose Lichtstrahlen in Form der Silbe „Hri", die sich in den Nord-Westen des Landes Oddiyana bis in einen makellosen See hinein herabsenkten. Auf diese wundersame Weise, ebenso wie Vater und Mutter einem Kind Geburt und einen Körper gewähren, wurde der Lotusgeborene, Padmasambhava, durch das Licht Amitabhas aus der Silbe Hri in einem Lotus geboren. In diesem Augenblick, so wird überliefert, riefen alle Buddhas der zehn Richtungen und drei Zeiten, alle Vidyadharas[20], alle Khandromas[21] (tib. mkha'.'gro.ma., skt. Guru, Deva, Dakini) aus den verschiedensten Bereichen den Segen aller siegreichen Buddhas zum Wohle aller Wesen herbei. Diese Invokation oder Anrufung ist heute

---

20 Die acht Wissenshalter von Indien
21 Himmelswandlerinnen

bekannt als das siebenzeilige Gebet und Mantra von Guru Rinpoche. Auf diese wundersame Weise kam Guru Rinpoche in diese Welt. Der König hörte von dieser wundersamen Geburt und ließ den Lotusgeborenen in seinen Palast bringen. Der König hatte Pläne mit dem speziellen Kind und behandelte ihn wie seinen Sohn. Jedoch wurde schon sehr bald klar, dass das wundersame Kind andere Intentionen hatte, als den Platz des Thronfolgers später einzunehmen.

Wie bereits erwähnt, sind das alles wunderschöne Geschichten ohne jeglichen Nachweis, abgeschrieben in vielen Klöstern in vielen Jahrhunderten, von Menschen, die Padmasambhava als Zweiten Buddha verehren.

Später wurde er aus dem Königreich verbannt, da er angeblich den Sohn eines Ministers getötet haben soll. Er studierte die klassischen Wissenschaften Indiens, ordinierte als Mönch und reiste darauf zu allen acht großen Vidyadharas, erhielt ihre jeweiligen Lehren des geheimen Mantrayana und praktizierte diese. Dort, auf den acht großen Friedhöfen übte er yogische Disziplin und meditierte ohne Ablenkung. Er lebte dort und saß auf Leichen zur Meditation, er aß, was den Toten dargebracht worden war und trug, was man um sie herumgewickelt hatte - weiße Leinentücher. Von Garab Dorje, dem ersten menschlichen Dzogchen Meister und Sri Singha erhielt er die höchsten Dzogchen Lehren.

Ausführlich reiste er durch Indien, Nepal, das heutige Pakistan und später durch Tibet und Bhutan. Um zu demonstrieren, dass er ein vollständig befreites Wesen war, sowie zu den diversen Gelegenheiten, als sich ihm größere Hindernisse entgegenstellten, manifestierte er die verschiedenen Formen befreiten Verhaltens.

Diese sind als die acht Aspekte oder große Namen von Guru Rinpoche bekannt. Durch jeden dieser Aspekte manifestierte er eine bestimmte erleuchtete Aktivität zum Nutzen der Wesen. Als Prinz manifestierte er in der Form von Guru Pema Gyelpo. Als seinen gelehrten Aspekt manifestierte er sich als Pandita, als Guru Padmasambhava, der die Lehre in Tibet etablierte, aber auch als Guru Loden Chokse und in der Form von Guru Shakya Sengge. Als Gift transformierender Yogi manifestierte er sich in der Form von Nyima Öser. Als zornvolle Manifestationen von Guru Sengge Dradrog und Guru Dorje Tröllö überwand er Nichtbuddhisten, Hindernisse und behindernde Einflüsse oder Geister. Nachdem man abermals versucht hatte, ihn zu eliminieren, manifestierte er in Vereinigung mit seiner indischen Gefährtin Prinzessin Mandarava sitzend auf einem Lotus in einem See die Form von Guru Tshokye Dorje.

Durch diese befreiten und befreienden Manifestationen war es ihm möglich, Hindernisse zu unterwerfen und zu Helfern zu transformieren sowie die Bedeutung der Lehre der Audienz nahe zu bringen und zu demonstrieren. Das geschah so in Indien, Nepal und später auch in Tibet und Bhutan.

Im 5. Jahrhundert war damals der erste zaghafte Versuch, die buddhistische Lehre in Tibet zu etablieren, fehlgeschlagen. Da im 8. Jahrhundert Padmasambhava als der mächtigste Meister des Mantrayana seiner Zeit angesehen wurde, entschieden sich der tibetische König Trisong Detsen und sein Berater, der gelehrte Bodhisattva Shantarakshita[22], ihn nach Tibet einzuladen. Dies war zu einer Zeit, als hier in Europa gerade ein gewisser Karl zusammen mit seinem Bruder Karlmann im Jahre 768 zu fränkischen Königen ernannt wurden.

Padmasambhava nahm die Einladung an und begab sich 769 in Richtung Tibet. Bereits zu Anfang des Weges gab es große Hindernisse, die Padmasambhava aber durch seine magischen Fähigkeiten überwinden konnte.

Er ließ nach seiner Ankunft dort das Kloster Samye erbauen, an dem tagsüber Menschen und in der Nacht angeblich die Devas[23] arbeiteten, so dass es in überraschend kurzer Zeit fertiggestellt werden konnte. Dies beeindruckte erheblich die ortsansässige Bevölkerung vor Ort, die ja bereits die sehr alte Bön-Magie gewohnt war. Er etablierte gemeinsam mit Shantarakshita (der auch als Khenpo Bhodisattva bezeichnet wird) und König Trisong Detsen die indische buddhistischen Lehre in Tibet.

Nachdem die ersten und wesentlichen Schritte getan waren, um die Lehre zu etablieren, wurde nach den heiligen Schriften aus Indien geschickt. Dann sollten diese in verschiedenen Sprachen verfassten Texte der buddhistischen Lehre in die tibetische Sprache übersetzt werden. Dieses Monumentalwerk wurde von Shantarakshita, dem Meister Padmasambhava und seinen Schülern Pagor Vairochana (der immerhin 21 Sprachen beherrschte), Lochen Kawa Peltseg, Nanam Yeshe De und vielen anderen übernommen.

---

22 Ein indischer Philosoph, war der erste Abt des Klosters Samye
23 Göttliche Wesenheiten der höheren Dimensionen

Die 25 Hauptschülerinnen und Hauptschüler Padmasambhavas waren:

Denma Tsemang, Dorje Düdjom, Drokben Khyechung Lotsawa, Gyelwa Chogyang, Gyalwa Jangchub, Gyalwai Lodrö, Nyak Jnanakumara, Lhalung Palgyi Dorje, Lochen Kawa Peltseg, Könchog Chungne, Lang Palgyi Senge, Sokpo Lhapal Shönnu, Ma Rinchen Chog, Namkhai Nyingpo, Nanam Yeshe De, Odrän Palgyi Wangchug, Pagor Vairochana, Palgyi Wangchug, Palgyi Yeshe, Shudbu Palgyi Sengge, der tibetische König Trisong Detsen, Yeshe Nubchen Sangyä, die tibetische Prinzessin Yeshe Tsogyal, Yeshe Yang und Yudra Nyingpo.

Durch die tiefen Unterweisungen reiften viele seiner Schülerinnen und Schüler heran und konnten durch die so erreichten tiefsten Meditationszustände viele Jahre zurückgezogen verbringen. Danach demonstrierten viele von ihnen außergewöhnliche Zeichen und Wirkungen. Seine tibetische Gefährtin Prinzessin Yeshe Tsogyal zum Beispiel belebte eine Verstorbene wieder, Pagor Vairochana erreichte so tiefe Klarsicht, dass ihm der Zugang zu allen Ebenen des Wissens der drei Zeiten möglich war und Namkhai Nyingpo konnte auf Sonnenstrahlen reiten.

Zu Fuß reiste Padmasambhava durch alle Gegenden von Tibet und segnete Plätze, so dass sie geeignet wurden für Siddhi[24]-Realisationen. Das geschah von Westen bis Osten, von Norden bis Süden; überall dort überwand und kontrollierte er unzählige Arten von Hindernissen und behindernden Geistern, die er der Lehre unterwarf. Er übertrug ihnen dann häufig die Aufgabe, über die dort versteckten Termas zu wachen oder gab ihnen andere Aufgaben zum Nutzen der Lehre und Wesen.

Während Padmasambhava in Tibet missionierte, sah er, dass die Zeit für einige der höchsten Lehren noch nicht gekommen war. So fertigte er Schriften an, welche die Essenz seiner Lehren enthielten, damit in zukünftigen Zeiten das geheime Mantrafahrzeug nicht verschwinden würde. Diese wurden wiederum von seinen Schülern in eine symbolische Kurzschrift übertragen, die nur von denen verstanden werden konnte, die gut darauf vorbereitet waren. Diese so verschlüsselten Schriftröllchen wurden dann eingewickelt und in Höhlen und Felsen als Termas versteckt. Auch wurden Termas im „Geiste" des Gurus versiegelt. Es wird überliefert, dass er gemeinsam mit seinen Schülern zahllose dieser Termas an unterschiedlichsten Plätzen Tibets und in anderen Teilen dieser Welt versteckt hat.

---

24 Magische Kräfte und Fähigkeiten

Wenn ein Terma versteckt wurde, gaben er oder auch seine Schüle-rinnen oder Schüler den Wächter-Familien des Termas die Anordnung, darüber zu wachen, bis die rechte Zeit und der richtige Tertön[25] kommen würde. So versteckt warteten diese Termas darauf, wiederentdeckt zu werden.

Padmasambhava wusste, dass die Lehren von denen, die nicht erleuchtet waren, falsch interpretiert werden würden und sagte voraus, dass diese 25 Hauptschüler später als Tertöns zurückkehren würden, als inkarnierte Emanationen des Guru, um diese Termas aus ihren Verstecken zu holen, das verschlüsselte Skript zu interpretieren und dass diese Tertöns in der Lage waren, die enthaltenen Instruktionen zu verstehen.

Als dieses Werk abgeschlossen war, sagte Padmasambhava für jeden Terma die Zeit seiner Entdeckung, die Plätze und die Namen der Tertöns voraus. Auch erklärte er, wie viele Wesen durch Anwendung dieser Instruktionen Befreiung erreichen würden.

Danach reiste Padmasambhava mit einem großen Gefolge nach Gungtang, einem Pass an der tibetischen Grenze, da die Zeit gekommen war, Tibet zu verlassen. Er gab die letzten Instruktionen, die tiefste Essenz seiner Lehren, die insbesondere für alle zukünftigen Generationen waren, für diejenigen also, die ihn nicht persönlich hatten erleben können.

Diese letzten, von ihm gewährten Lehren konnten dann von den zukünftigen Generationen gelesen werden und sie würden eine klare Sicht ihrer Bedeutung erfahren, um nach den so gelehrten Prinzipien leben zu können, ein makelloses Leben auf allen Ebenen zu führen und schließlich, unter Anwendung der gelehrten Mittel Befreiung zu erreichen.

Nachdem die Audienz so die letzten Unterweisungen erhalten hatte, setzte sich Padmasambhava auf ein geflügeltes Pferd, das aus dem „Himmel" gekommen war und verschwand in der Mitte von Regenbögen, reitend auf den Strahlen der Sonne in das Land Ngayab Ling im Südwesten, um dort weiterhin zum Nutzen der Wesen zu wirken. Es wird überliefert, dass er die dortigen Rakshasas[26] unterwarf und bis zum Ende von Samsara[27] residieren wird.

---

25 Ein Tertön ist jemand, der Termas findet.
26 Dämonen
27 Immerwährende Zyklus des Seins

Soweit die niedergeschriebene Geschichte über Padmasambhava. All dies ist etwa 1200 Jahre her und genauso glaubwürdig wie die niedergeschriebene Geschichte über Karl den Großen in Europa, über katholische Heilige der damaligen Zeit, über irische Missionarsmönche in düsteren germanischen Urwäldern oder über fliegende Drachen in China. Wichtig ist nur der geschichtliche Hintergrund und das Hintergrundwissen.

Padmasambhava war ein indischer Gelehrter, der es verstand, in geschickter Weise die tibetische Bön-Religion als tibetische Zauberei-Religion mit dem indischen Buddhismus seiner Zeit so zu vermischen, dass nicht nur das tibetische Königshaus, sondern auch die einfache Land- und Nomadenbevölkerung Tibets die neue Lehre akzeptieren und anwenden konnte. Es war für die damalige Verhältnisse eine Revolution, die mit Unterstützung des tibetischen Königs gewisse Fortschritte im Alltagsleben Tibets bewirkte, das Land auch vor dem Einfall der chinesischen Dynastien lange Zeit bewahrte und auch altbewährte schamanistische Anwendungen bewahrte, die dem einfachen Volk vermittelbar erschienen und allgemein anerkannt wurden.

Meister Lochen Vairochana

Schon als Kind war Vairochana extrem auffällig. Vairochana wird häufig als Pagor Vairochana (tib. spa.gor.bai.ro.tsa.na.) bezeichnet, weil er im Pagor Clan geboren wurde. Er wurde aber auch als Lochen Vairochana (tib. lo.chen.bai.ro.tsa.na.) bezeichnet. Die Tibeter sprechen seinen Namen stets als Berotsana aus, einer vereinfachten Form des Sanskrit-Namens. Dieser sehr einflussreiche Zeitgenosse Padmasambhavas ist in das historische Geflecht der Dorje Tshomo Chime Tradition eingewebt und sollte nicht übergangen werden.

Vairochana wurde im Sommer eines Ochsen-Jahres im achten Jahrhundert in Nyemo Jekar (tib. snye.mo.byed.khar.), das von Lhasa aus gesehen im Westen liegt, geboren. Sein Vater war Hedö (tib. he.adod.) aus dem Pagor Clan und seine Mutter Dränka Zadönkyi (tib. bran.ka.gza. sgron.skyid.). Bei seiner Geburt zeigten sich zahlreiche glückverheißende Zeichen und er sprach nach der Geburt gleich die ersten Worte. Da er sehr schön war, wurde er bereits in seiner Kindheit als Kind der Götter angesehen.

Bis zum achten Lebensjahr blieb er, stets begleitet von glückverheißenden Zeichen, im Bereich seiner Familie. Er hatte bereits in seiner Kindheit die Gewohnheit, sich in die Einsamkeit der Natur zu begeben und in Höhlen zu meditieren. In manchen Überlieferungen wird berichtet, dass die Familie Vairochanas aus Zauberei-Praktizierenden der Bön-Tradition bestand. Fest steht jedoch, dass er seit seiner Kindheit Kontakt zu Bönpos hatte.

Hier nochmals zur Erinnerung, es werden lediglich die überlieferten Geschichten dargelegt, die wissenschaftlich aber nicht untermauert werden können und nur Fragmente einer Wahrheit darstellen, welche uns kaum noch erreichen oder berühren kann.

Als Vairochana sein achtes Lebensjahr erreicht hatte, traf er gemeinsam mit seinen Eltern auf König Trisong Detsen und Padmasambhava, der ihn anhielt, sein Übersetzer zu werden, um der Lehre zu dienen. Er sollte ausgebildet und später nach Indien geschickt werden. Dazu müsse er seine Eltern verlassen und mit ihm nach Samye, dem ersten Kloster in Tibet kommen, denn mit ihm stünde eine Prophezeiung in Verbindung, die sich sonst nicht erfüllen könnte.

So war er unter den ersten Mönchen, die von Shantarakshita ordiniert wurden. Gemeinsam mit Tsang Legdrub wurde er dort ausgebildet, um später weitere Lehren aus Indien nach Tibet zu holen. Sie wurden als Übersetzer trainiert, Padmasambhava brachte ihnen spezielle magische Praktiken bei, damit sie eventuelle Hindernisse auf dem Weg überwinden konnten. Padmasambhava gab seinem Schüler Vairochana und den anderen Schülern viele Transmissionen. Als er sie in das Mandala[28] aller Buddhas initiierte, fiel Vairochanas Blume auf den Heruka Möpa Dragngag (tib. mod.pa.drag.ngag.). Durch die Unterweisungen und Praxis dieses Yidams[29] stellten sich bei Vairochana außergewöhnliche Fähigkeiten ein; er erreichte eine so tiefe Ein- und Klarsicht seines Weisheitsauges, dass ihm keine Ebene des Wissens der drei Zeiten verborgen blieb.

Nachdem all das geschehen war, erhielten Vairochana und Tsang Legdrub vom König Trisong Detsen Gold und wurden nach Indien geschickt. Durch magisches Geschick gelang es ihnen, die Grenzposten zu passieren und schließlich ohne Verlust des Goldes die diversen Meister aufzusuchen. So reisten sie von Platz zu Platz, um die Essenz der buddhistischen Lehre von über hundert Meistern und Gelehrten zu erhalten. Schließlich fanden sie durch ihre Begleitung den Meister Shri Singha in Bodhgaya, brachten ihm ein goldenes Mandala dar und baten um Unterweisungen über Dzogchen Ati. Da diese Anweisungen sehr speziell waren, war es gefährlich, sie zu geben, weshalb Shri Singha vorschlug, dass Vairochana und Tsang Legdrub die Lehren der Merkmale mit anderen Gelehrten am Tage studieren sollte. Hingegen bei Nacht würden er ihm und Tsang Legdrub die tiefen, esoterischen Dzogchen Anweisungen enthüllen. Auf diesem Weg sollte niemand erfahren, was wirklich geschah. Vairochana und Tsang Legdrub erhielten sämtliche Lehren. Zuerst lehrte Shri Singha im Geheimen die 25 Dzogchen Tantras und danach die 18 Hauptschriften der Semde Sektion des Atiyoga; Shri Singha gab ihnen auch die Lehren der Ati Dzogchen Longde Klasse. Schließlich, nachdem er seine mündlichen Unterweisungen komplettiert hatte, schrieb Shri Singha die tiefen und geheimen Ati Dzogchen Lehren der Klassen mit Ziegenmilch auf weiße Baumwolle, damit sie nur sichtbar würden, wenn man sie übers Feuer hielt. Das geschah unter dem Versprechen größter Geheimhaltung dieser Lehren.

---

28 Visuelles Hilfsmittel, geometrisches Schaubild zu religiösen Zwecken
29 Tantrische Meditationsgottheit

Danach gab er ihnen die Instruktionen der Schnellfüßigkeit (Lung-gom-pa), damit sie schnell nach Tibet zurückkehren konnten. Pagor Vairochana und Tsang Legdrub praktizierten diese gut und wollten dann abreisen. Kurz vor der Abreise entschied sich Vairochana jedoch, doch noch zu bleiben, um weitere Instruktionen zu erbitten. In der Zeit danach gab Shri Singha an Vairochana weitere Instruktionen und überreichte ihm einen Phurba[30], den er stets bei sich zu tragen hatte. Tsang Legdrub hingegen war jedoch der Ansicht, dass es Zeit war abzureisen. Tsang Legdrub erreichte auf seiner Rückreise nach einiger Zeit einen See, an dem er die Nacht verbringen wollte. Nachts, während er schlief, erhob sich aus dem See eine gigantische Schlange, die ihn angriff und tötete.

Nach weiteren Instruktionen war es dann auch für Vairochana an der Zeit zu gehen. Er verabschiedete sich von Shri Singha und reiste ab. Es wird überliefert, dass er danach auf Garab Dorje traf und vollständig die Transmission der Großen Perfektion erhielt.

Später, während der Rückreise nach Tibet, erreichte auch er den See und ruhte dort aus. In der Nacht erhob sich die Schlange wieder und wollte ihn töten, doch der Phurba hinderte sie daran. Sie war einfach nicht dazu in der Lage, sich dem schlafenden Vairochana zu nähern und musste ihr tödliches Vorhaben aufgeben.

Durch die Transmission und Realisation von Lung-gom-pa - den schnellen Füßen - war es ihm möglich, Tibet in wenigen Tagen zu erreichen.

In Tibet zurück am Hofe, gab er diese Instruktionen zuerst an den König weiter; am Tage gab er ihm die Lehren des Fahrzeugs der Merkmale und nur bei Nacht gab er ihm die geheimen Lehren der großen Perfektion. Er übersetzte auch die ersten fünf Instruktionen der Semde Klasse in die tibetische Sprache. Diese Lehren, die er einer ausgewählten Audienz zu gewähren begann, bewirkten auch Disharmonie, Streit und Neid. Begründet auf weltlichem Interesse verschiedener Natur wurden Gerüchte verbreitet. Diese wurden gestreut von Personen am Hofe, die aufgrund der internen Veränderung, die die neu etablierte buddhistische Lehre mit sich brachte, um ihre Position fürchteten.

Außerdem hatte eine der Frauen von König Trisong Detsen Gefallen an ihm gefunden, da er gut aussah. Vairochana ließ sich darauf nicht ein

---

30 Ritual-Dolch mit dreiseitiger Klinge aus Eisen und anderen Materialien

und wies sie zurück, worauf es plötzlich am Königshof gerüchteweise hieß, er habe sich ihr in unangemessener Weise genähert. Diese Intrige und die Behauptung, dass die von ihm aus Indien mitgebrachten Lehren keine authentischen buddhistischen Überlieferungen seien und dass die Texte und die Anwendung Schaden bringen würden, waren Inhalte dieser Gerüchte. Der König wusste von all diesen Gerüchten. Für einige Zeit gewährte er Vairochana Zuflucht an einem versteckten Ort, so dass man annahm, der König habe ihn weggeschickt. Jedoch fand die Königin heraus, dass Vairochana in einem Versteck lebte und die Gerüchte begannen sich erneut zu verbreiten.

Schließlich sah sich der König genötigt Vairochana nach Ost-Tibet ins Exil zu schicken. Da nun keine spirituelle Leitung mehr am Hofe war, suchte der König nach einem angemessenen Ersatz, den er in Vimalamitra fand, einem indischen Meister mit außergewöhnlichen Qualitäten. Vimalamitra, der die gleiche Transmission wie Vairochana von Shri Singha erhalten hatte, bestätigte die Authentizität der Lehren, lehrte aber zu diesem Zeitpunkt nur noch die konventionellen und konservativen Aspekte der Lehre, um den Gerüchten ein Ende zu bereiten.

Vairochana war zu diesem Zeitpunkt durch Kham in Ost-Tibet gereist und hatte seinen Platz in Tshawarong (tib. tsha.ba.rong.), in der Gegend von Gyalrong (tib. rgyal.rong.) an der damaligen chinesischen Grenze gefunden. Dort angekommen umkreisten ihn alle Vögel und die Menschen dort dachten, dass dies ein schlechtes Omen sei und warfen ihn in eine Grube mit Läusen und anschließend in eine Grube mit Fröschen. Da er keinen Schaden nahm, holten sie ihn wieder heraus und verehrten ihn von da an als heilige Person. Vairochana erklärte sich ihnen und die Leute schenkten ihm Glauben, verneigten sich vor ihm und brachten ihre Reue zum Ausdruck. Vairochana begann dann, die von ihm erhaltenen Lehren zu verbreiten und erhielt auch Lehren der Meister der dort ansässigen Bön-Traditionen. So geschah es, dass es nur durch die Exilierung Vairochanas möglich wurde, die buddhistischen Lehren dort zu verbreiten.

In Gyalrong begegneten Vairochana eines Tages spielende Kinder, von denen eines eigenartige Laute von sich gab, die sich für ihn wie Sanskrit anhörten. Darauf fragte er dieses Kind etwas auf Sanskrit und erhielt die korrekt ausgesprochene Antwort auf Sanskrit. Er erkannte, dass es sich bei dem Kind um die Reinkarnation seines früheren Weggefährten Tsang Legdrub handelte. Dieses Kind hieß Yudra Nyingpo (tib. gyu.sgra.snying.po.). Vairochana instruierte ihn in seine Lehren, so wurde Yudra Nyingpo zu seinem Hauptschüler und Linienhalter. Durch die Instruktionen und Praxis der inneren Tantras entwickelte sich tiefes Verständnis bei ihm und seine Fähigkeiten manifestierten sich wieder. Später schickte Vairochana ihn nach Samye in Zentraltibet, um die Situation dort zu inspizieren. Er wollte wissen, ob es dort nur noch die äußeren Lehren gab und ob die Tantras verschwunden seien. Yudra Nyingpo reiste als Bettler verkleidet nach Samye in Zentraltibet und fand Vimalamitra unterrichtend. Bei dem nachfolgenden Gespräch zwischen ihm und Vimalamitra erklärte er, wer sein Meister war. Der König wurde informiert und brachte sein Bedauern zum Ausdruck, dass er Vairochana ins Exil geschickt hatte, da ihm Vimalamitra die gleichen Lehren gewährt hatte. Daher wurde Yudra Nyingpo gebeten, nach Kham zurückzukehren und Vairochana zurück nach Samye zu bringen.

Schließlich wurde Vairochana rehabilitiert, war anerkannt als einer der respektiertesten Meister, Gelehrten und Übersetzer seiner Zeit und verbreitete sämtliche Ebenen der Lehre im ganzen tibetischen Land.

Yudra Nyingpo half später Vimalamitra bei der Übersetzung der restlichen 15 Semde Atiyoga Texte, die noch nicht übersetzt worden waren. Er erhielt auch Ermächtigungen von Padmasambhava und durch deren Anwendungen entwickelten sich seine Fähigkeiten noch weiter. Er erlangte ein vollständiges Verständnis in die Dzogchen Lehren, so dass er insbesondere der zentrale Halter der Semde und Longde Ati Lehren in Tibet wurde.

Vairochana meditierte über diese Lehren viele Jahre und reiste später auch nach Nepal, Khotan, China, Shangshung und andere Länder, wo er die besten Meister aufsuchte, um auf diesem Weg von ihnen zu lernen. Auch verbreitete er die Lehren dort, die er zuvor erhalten hatte. Seine Gurus waren Shri Singha und ebenso Garab Dorje. Vairochana meisterte gänzlich die drei Klassen der Dzogchen Überlieferungen: Semde (tib. sems.sde.), die mentale Klasse, Longde (tib. klongs.sde.), die Klasse der Weite und Mengag De (tib. man.ngag.sde.), die Klasse der direkten Instruktionen.

Als einer der engsten Schüler Padmasambhavas zusammen mit König Trisong Detsen und Yeshe Tsogyal wird er stets gepriesen als größter Übersetzer in der Geschichte des Dharma. Seine Fähigkeiten als einer der begabtesten Schüler Padmasambhavas sind bis heute in allen Traditionen bekannt. Er übersetzte zahllose Werke, doch leider kann eine genaue Anzahl nicht bestimmt werden, da es häufig übersehen wurde, Übersetzungen sowie Termas zu signieren und späteren Übersetzern den korrekten Namen mitzuteilen.

Vairochana war nur eine Person, hatte aber fünf verschiedene Namen: zur Arbeit und Übersetzung an Mantrayana-Texten verwendete er den Namen Vairochana, bei der Arbeit und Übersetzung an Sutrayana Texten verwendete er den Namen Bende Yeshe (tib. ban.sde.ye.shes.), bei astrologischen Werken den Namen Indra Bero (tib. in.dra.bai.ro.), bei medizinischen Werken den Namen Chöbar (tib. chos.abar.), und bei Bön Werken den Namen Gänjag Thangta (tib. gan.jags.thang.ta.).

Nach vielen Jahren Dienst an den Wesen und der Lehre verschied Vairochana schließlich im Bhasing-Wald in Nepal.

Meisterin Dorje Tshomo Chime

Tibets Geschichte lebt nicht nur von Königen, Feldherren, Klosteräbten und tantrischen Meistern, sie ist auch durchdrungen von einflussreichen Frauen, Äbtissinnen und Meisterinnen. Es gab neben den buddhistischen Nonnen (tib. ani.) noch mehrere Formen weiblicher religiöser Praxis, nämlich geistliche Medien (tib. lha.kha. und dpa.mo.), Sängerinnen religiöser Lieder (tib. ma.ni.pa.) sowie Tantrikerinnen (tib. ye.shes.mtsho.rgyal.). Im ausgehenden Mittelalter verstummen jedoch mehr und mehr die tibetischen Berichte über religiöse Frauen und auch die Aufzeichnungen der religiöse Frauen selbst, als ob es eine schleichende Zensur gegeben hätte. Die Ursachen hierzu sind noch unbekannt. Es wird aber vermutet, dass durch den ständigen Machtzuwachs der patriarchalen Männerklöster, beginnend mit den ersten Klostergründungen vom 11. bis zum 13. Jahrhundert, die Frauen zunehmend aus der religiösen Welt des tibetischen Buddhismus verdrängt wurden, weil sie in den Machtkämpfen der verschiedenen buddhistischen Traditionen, in den tibetischen Bürgerkriegen und in den politischen Intrigenspielen keine entscheidende Rolle mehr spielen konnten.

Hier nun die Darstellung des Lebensweges einer Frau, die als Dorje Tshomo Chime (tib. rdo.rje.tsho.mo.chi.me) mit ihren Aktivitäten Tibet maßgebend mit beeinflusst hat, aber geschichtlich wieder ins Dunkle abtauchen musste. Die Darstellung kann natürlich noch nicht vollständig gelingen, denn es fehlen noch einige wesentliche Aspekte ihres Wirkens. Es soll hier aber der derzeit überlieferte Rahmen dieser einst sehr großen Linie übersichtlich dargestellt werden.

Die zugrunde liegenden Quellen sind einerseits mündliche Überlieferungen von Arya Chödrön Rinpoche sowie andererseits die in Tibetisch und in Dzongkha verfassten historischen Aufzeichnungen aus den Bibliotheken diverser Klöster in Bhutan. Die Lebensgeschichte Dorje Tshomo Chimes ergibt ein beeindruckendes Bild einer Tibeterin, die als Meisterin lehrte, missionierte, Frauenklöster schuf, verborgene Textschätze fand und die Entwicklung der Nyingma-Tradition sowie der Bön-Tradition zu einer Zeit mit beeinflusste, als Tibet unter mongolischem Einfluss stand und um seine Selbstständigkeit ringen musste.

Die Geschichtsschreibungen der Lehre (tib. chos.abyung.) betonte stets die lokalen Interessen, so dass ein aus dem tibetischen Bereich stammender Geschichtsschreiber den tibetischen Teil ihrer Aktivitäten betont und bhutanische Geschichtsschreiber gerne den tibetischen oder indischen Teil vernachlässigen.

Dorje Tshomo Chime lebte von 1346 bis 1411, wuchs ursprünglich in Kham auf, bereiste Nordindien und ließ sich dann in Bhutan nieder. Ihr Name bedeutet wörtlich der „unzerstörbare See der Unsterblichkeit".

Als dritte Tochter des Bönpo Lhatsün Namkha und seiner Gefährtin Zangmo wurde sie in einem Seitental des Peldentsho-Tals im Osten von Yarlung in Kham geboren. Das geschah 1346 im Jahr des männlichen Feuerhundes.

Ihre Eltern standen in der Tradition der Vajracaryas[31]. Bereits in sehr jungem Alter wurde sie ordiniert und studierte vollständig die Sutra- und Tantralehren sowohl der Nyingma als auch der Sarma Tradition. Zu ihrer Zeit waren die im 11. und 12. Jahrhundert entstandenen neuen Traditionen, die als Kadam, Sakya und Kagyü bekannt wurden, noch in einer Aufbauphase, so dass die von Dorje Tshomo Chime in Bezug zu ihnen verwendeten Begriffe nicht ganz den heutigen Bezeichnungen entsprechen. So bezeichnete sie zum Beispiel die Sakya-Tradition als Lamdrä-Tradition.

Als sie 14 Jahre alt war, hatte sie eine Vision Padmasambhavas und entdeckte in einer Klosterruine in Nyingchi den ersten Terma Schatz, der die vollständigen Praktiken der drei Wurzeln enthielt sowie deren diverse Ebenen der Anwendung und zugehörigen Prophezeiungen. Mit 16 Jahren enthüllte sie am Berg Jingda Okardrag (tib. bying.mda.o.dkar.brag.) weitere, wesentliche Schätze. In dieser sehr großen Höhle zeigte sich ihr angeblich erneut Padmasambhava als Geist-Manifestation, der ihr Ermächtigungen und Instruktionen gab. Unter der visionären Anleitung Padmasambhavas und der Prinzessin Yeshe Tsogyal holte sie schließlich Lehren der drei essentiellen Inhalte hervor - die Guru Sadhanas[32], die Dzogchen-Unterweisungen und die Praktiken von Avalokiteshvara (tib. bla.rdzogs.thugs.gsum.).

---

31 Tantrisches Priester-Ehepaar, das ihr Wissen an die Nachkommen überträgt
32 Rituelle Meditationspraxis

Sie fand Statuen von Tara[33], Avalokiteshvara und Vajrasattva[34] sowie medizinische und astrologische Werke. Ihr werden viele wundersame Taten nachgesagt und sie reiste zu den acht großen Friedhöfen in Indien, wo sie direkte Unterweisungen (tib. gding.brgyad.kyi.gdams.pa.) der acht großen Vidyadharas erhielt, die Instruktionen der acht Arten der Überzeugung. Darüber hinaus entdeckte sie viele essentielle Bön-Termas wie „Die Silberne Nadel der Großen Freude" sowie die große, mittlere und kleinere mündliche Übertragungslinie von Tapihritsa[35] (tib. ta.pi.hri. tsai.snyan.rgyud.che.abring.chung.gsum.).

Insgesamt spricht man im Zusammenhang mit Dorje Tshomo Chime von 39 großen Schätzen oder Entdeckungen und wenn man die Neben- oder Instruktionsschätze hinzuzählt, kommt man auf etwa 108 wiederent- deckte Termas.

Der Name, unter dem sie am meisten bekannt ist, war Dorje Tshomo Chime. Aber sie fand auch Termas unter den folgenden Namen: als Damchö Lingmo, Chökyi Zangmo, Dorje Künzang und Rinzen Pema. Darüber hinaus war sie auch als Shakabmo Karmogyen bekannt, die als eine der größten Tertöns der Bön-Tradition überliefert ist. Unter diesem Namen entdeckte und signierte sie die von ihr entdeckten Termas der Bön-Traditionen.

Nach Bhutan reiste Dorje Tshomo Chime im Jahre des Erddrachen, 1388. Ihr Hauptsitz dort war Ling Mokha (tib. gling.mo.kha.) in Bhumtang.

Als Dorje Tshomo Chime nach Bhutan kam, ließ sie sich zunächst in Belang Drak (tib. bal.glang.brag.) in Zentralbhutan nieder. Sie hatte Visionen eines Termas, aber die Bedingungen kamen nicht zusammen. Als sie dabei war aufzugeben, erhielt sie die Prophezeiung, dass nach einigen Monaten sie in der Lage sein würde, den Terma zu eröffnen. In dieser Wartezeit eröffnete sich ihr auch der Grund ihres Wartens; der Terma war hoch oben in einer Steilwand versteckt und auf konventio- nellen Wegen nicht zu erreichen. Nach der Geduldsprobe einiger Monate war sie schließlich in der Lage, einen Terma von Chenrezig[36] zu enthüllen.

---

33 Eine weibliche Manifestation erleuchteter Weisheit, ursprünglich eine indische Sternengöttin
34 Feinstofflicher Lichtkörper Buddhas
35 Bönpo-Meister aus Shangshung im 7. Jahrhundert
36 Tibetischer Name für Avalokiteshvara

Diese Gegend hieß Sha; dort hat sie dann mit einer Bhutanerin eine bisexuelle Beziehung. Als sich diese Beziehung in der Öffentlichkeit herumsprach, wurde diese junge Frau angefeindet, ausgegrenzt, dann angeklagt und schließlich öffentlich verbrannt. Dorje Tshomo Chime jedoch gelang noch rechtzeitig die Flucht über verschneite Gebirgspässe ins Nachbartal. Als die junge Frau verbrannt wurde, blieb eine Rippe übrig. Dorje Tshomo Chime gelangte in den Besitz dieser Rippe und erhob sie zur Reliquie. Diese Rippe wurde später in eine Stupa[37] eingebaut und der Ort wurde Sha tsi ma genannt. Dort ist ein Kloster gebaut worden, das bis heute erhalten ist. Ebenso befindet sich dort noch das Haus, in dem Dorje Tshomo Chime persönlich gelebt hat. Einige wenige Termas, die sie entdeckte, befinden sich bis heute dort. In Dangchu und Sha leben heute noch direkte Nachkommen von Dorje Tshomo Chime, denn sie hatte eine Tochter.

Insgesamt wird überliefert, dass Dorje Tshomo Chime in Bhutan in folgenden Orten gewirkt hat: Balgyi Lagmo Drak (tib. bal.gyi.glang. mo.brag.), kurz Belang Drak (tib. bal.glang.brag.) genannt, Bhumtang Jampa Lhakhang (tib. byams.pa.lha.khang.), Dangchu Dorje Gur (tib. dvangs.chu.rdo.rje.mgur.), Ling Mukha (tib. gling.mu.kha.), Pema Tshephug (tib. pad.mai.tshe.phug.) und Tagtshang Senge Phug (tib. stag.tshang.senge.phug.), auch Paro Tagtsang genannt.

Nachdem sie ihre Aktivitäten dort beendet hatte, reiste sie nach Westen, um in Indien einige Zeit zu wirken. Im Winter residierte sie dann in Bodhgaya und im Sommer in Darjeeling, wo sie weitere Schätze fand und ihre Lehre weiter verbreitete. Schließlich begab sie sich auch nach Nepal, worüber aber bis heute nur sehr wenige Details bekannt sind. Es wird überliefert, dass Dorje Tshomo Chime alias Damchö Lingmo auch verantwortlich ist für die Namensgebung von Darjeeling. Da Inder offenbar Probleme mit der korrekten Aussprache ihres zweiten Namens Damchö Lingmo hatten, wurde daraus im Laufe der Zeit der heute bekannte Name - Darjeeling.

Nachdem sie ihre Fähigkeiten vervollständigt hatte, erhielt sie in ihrem 60. Lebensjahr große, unterweisende Prophezeiungen, worauf hin sie nach Tibet eilte und in Traklong ein Kloster gründete. Als eines Nachts eine ihrer besten Schülerin spürte, dass Dorje Tshomo Chime im Sterben lag, brach die Schülerin die Tür auf und fand ihre Meisterin sterbend in

---

37 Buddhistisches Grabhügel-Bauwerk

Meditation sitzend. Sie brachte ihrer Meisterin Verbeugungen dar und richtete intensive Gebete an sie. Schließlich erfuhr sie den Segen ihrer Meisterin und in einer Vision erhielt sie die bis heute überlieferte Yoga-Praxis Ladrub Danang. Es wird überliefert, dass dies etwa im Jahre 1411 geschehen sei. Der meditierende Körper der Meisterin, so wird überliefert, blieb nach dem Tod für einige Jahre ohne Verwesungserscheinungen erhalten. So soll der Körper selbst nach ihrem Tod zeitweise mental gesprochen und instruiert haben. Als schließlich der Körper von Dorje Tshomo Chime 1415 dem Feuer übergeben wurde, blieben Knochenreste zurück, die in ganz Tibet als Reliquien begehrt waren.

An dieser Stelle sollten an sich jetzt sämtliche Sitze, Zweige und Formen der Dorje Tshomo Chime Tradition aufgeführt werden. Also die Tradition, die sich im Laufe der Jahrhunderte aus ihrem gigantischen Nachlass, den zahllosen Termas und auch durch ihre Blutlinien weiterentwickelt hat. Leider ist es aber Realität, dass von der Tradition nur noch sehr wenig bekannt ist. Von der tibetischen Tradition ihrer Tochter Jigme Sengemo gibt es nur noch spärliche Überreste von Aufzeichnungen, die den Raub und den Flammen der chinesischen Kommunisten entzogen werden konnten. Fast alle der rund 700 tibetische Frauenklöster wurden damals total zerstört, die Nonnen ermordet und das Wissen vernichtet.

Da die Zeit des Verschwindens der Aufzeichnungen aber nur einige Generationen zurückliegt, mag es möglich sein, von dort noch Informationen und Nachlass zusammenzutragen. Manche Dinge scheinen aber auch einfach verschwinden zu wollen, das muss akzeptiert werden.

Erhalten sind in jedem Fall die Fragmente der Aufzeichnungen ihrer Tochter Jigme Sengemo - die furchtlose Löwin - und den daraus entstandenen Überlieferungen, die in Bhutan im Dzong[38] Trashigang aufbewahrt werden. Erhalten sind auch wenige Überreste in anderen Dzongs in Bhutan, die dort von geflüchteten Nonnen aus Tibet in Sicherheit gebracht worden waren.

Um die Aktivitäten der weiteren Reinkarnationen von Dorje Tshomo Chime ins Licht zu rücken, bräuchte es weitere Untersuchungen. Da aber mündlich kaum Informationen außer den genannten vorhanden sind und auch entsprechende Texte fehlen, wird es etwas schwer sein, ein vollständiges Bild aller Reinkarnationen zeichnen zu können. In Bezug zu ihren

---

38 Buddhistische Klosterfestung, in der auch Bauern und Handwerker wohnen

Reinkarnationen in Bhutan ist jedoch zumindest ein Teil der Überlieferungen noch erhalten.

Weiterhin wird überliefert, dass es eine segensreiche nahe Überlieferungslinie, eine Nye Gyü (tib. nye.rgyud.) gebe, von der aber nur wenig bekannt ist. Gemäß Arya Chödrön Rinpoche handelt es sich dabei um eine visionäre Transmission (tib. dag.snang.), die Jamyang Khyentse Wangpo[39] (tib. 'jam.dbyangs.mkhyen.brtse'i.dbang.po.) von Dorje Tshomo Chime persönlich erhielt.

Die heute noch als Dorje Tshomo Chime Segensplätze bezeichneten Lokalitäten beziehen sich sowohl auf die von ihr persönlich gesegneten Plätze als auch auf die Plätze, die sie als Reinkarnationen gesegnet hatte sowie die Plätze, die ihre Tochter Jigme Sengemo gesegnet hatte. Über die meisten Plätze ist daher nicht mehr viel bekannt, entweder gibt es dort keine Lamas mehr oder die Bauwerke sind bereits verfallen.

Die bisher überlieferten Segensplätze in Bhutan sind: Das Bhuli Kloster im Chummey Tal kurz vor Jakar, Uru Namdrub Chöling in der Nähe von Jakar, in Jakar selbst gibt es noch einen Dorje Tshomo Chime Schrein, Sinpu bei Trongsa am Fluss Dangchu, das Wangdi Kloster, das Drangla Kloster am Fluss Mangachu hoch in den Bergen, das Sheling Kloster im Südwesten von Wangdü Phodrang, Tang Urgyen Chöling in Bhumtang, in Sha, Dangchu und Yarab gibt es jeweils einen Schrein.

Die erste Reinkarnation von Dorje Tshomo Chime war, so heißt es, die in der tibetischen Provinz Tsang geborene Dolma Chime Jamphel (tib. do.la.ma.chi.me.ja.ma.pha.la.) im 15. Jahrhundert, wörtlich die „sanfte unsterbliche Göttin Tara". Nach schriftlichen Überlieferungen aus der damaligen Zeit kann noch rekonstruiert werden, dass Dolma Chime Jamphel für erhebliche Unruhe in Tibet sorgte, fast alle Klöster gingen gegen sie vor. Denn sie wanderte durch Tibet als einfache Frau, die ohne Gegenleistungen Kranke heilte und Arme beschenkte. Die damalige Obrigkeit versuchte mehrfach, sie einzusperren, aber sie konnte beliebig oft aus geschlossenen Räumen flüchten. Nach drei misslungenen Vergiftungsanschlägen auf sie verließ sie Tibet und gelangte nach Bhutan, wo sie dort am Königshaus unter einem anderen Namen erfolgreich als Ärztin und Apothekerin wirkte. Sie gründete eine Schule für Frauen und verstarb durch eine Lawine in den Bergen. Ihr Leichnam konnte nie geborgen werden.

---

39 Bedeutender Meister, *1820 †1892, Mitbegründer der ökumenischen Rime-Bewegung

Die zweite Reinkarnation war Tsomo Yudon (tib. tso.mo.ju.do.na.), die sowohl für ihr Wissen als auch für ihre Praxis im 17. Jahrhundert bekannt war. Durch Intrigen am Königshof fiel sie in Ungnade und musste in den Osten von Bhutan ins Exil gehen. Sie durfte jahrelang das Kloster nicht mehr verlassen und wäre beinahe einem Mordanschlag zum Opfer geworden. Die drei Messerstiche hatten sie schwer verletzt, die Täterin, eine Tibeterin aus Lhasa wurde gefasst und hingerichtet. Anschließend wurde Tsomo Yudon und ihre Gefolgschaft rehabilitiert, als der Königshof die tibetische Intrige durchschaut hatte.

Die dritte Reinkarnation wurde in Lhodrak in Tibet geboren. Thaye Yumtso (tib. mtha'.yas.yu.mtsho.) wurde von den kommunistischen Chinesen 1954 gefangen genommen, als sie aus Tibet in die Mongolei flüchten wollte. Sie wurde dann in ein Umerziehungslager verschleppt. Dort wurde sie von zwei jungen Lamas gewaltsam aus der Lagerhaft befreit, mit denen sie über Kham nach Burma flüchtete und sich 1961 in Bhutan in einem Dzong im Chummey Tal niederließ. Bei einem Großbrand nach ihrem Tod 1966 wurden das gesamte Kloster und zugleich ihr Leichnam vernichtet, ebenso auch viele ihrer Aufzeichnungen.

Ihre Tochter Arya Chödrön Rinpoche versuchte dann im Laufe der Jahre, aus allen Klöstern in Bhutan Abschriften von Texten der Dorje Tshomo Chime Tradition anzufertigen. Leider hatte es sich bis ins bhutanische Königshaus herumgesprochen, dass sie die Abschriften deshalb anfertigte, weil sie als junges Mädchen den Brand im Kloster angeblich selbst verursacht hätte. Deshalb gab es eines Tages eine Auflage des Königshauses, die es ihr untersagte, von Kloster zu Kloster zu reisen, um womöglich nicht noch weitere Klöster abzufackeln, was ihr Wirken natürlich stark behinderte und einschränkte.

Sie hatte dann Visionen von Padmasambhava und dem Platz Agya, nördlich von Mongar in der indischen Provinz Uttar Pradesh, dem Platz ihrer Bestimmung. In Agya gab es eine Höhle, in der Padmasambhava meditiert hatte, dort sollte sie hingehen. Um mit ihren Bemühungen weiterzukommen, beschloss Arya Chödrön Rinpoche den Chöjay[40] von Chungkhar um Hilfe zu bitten und so konnte sie in das Jahu Kloster in der Nähe von Chungkhar umziehen. Dort verbrachte sie einige Jahre und nahm Thogme Gyagarpa aus der Khamsum Yongdröl Familie zum

---

40 Stellvertreter eines Abts

Gefährten; durch den Einfluss der Familie, gute Kontakte und großen Anstrengungen gelang es ihr nach längerer Zeit wieder die Erlaubnis vom Königshof zu erhalten, sich freier im Osten von Bhutan bewegen zu können, aber die offizielle Erlaubnis war noch immer nicht gewährt worden.

Trotzdem reiste sie etwa in der Zeit von 1976 nach Kalimpong, im Norden von Darjeeling in Indien, zu dem dortigen Pönlop[41], der ihr wohlgesonnen war. Dieser ließ schließlich all seine Beziehungen zum Königshaus spielen und erwirkte eine Erlaubnis, so dass Arya Chödrön Rinpoche schließlich nach Agya gehen und sich dort auch niederlassen durfte.

Dadurch konnte sie schließlich Agya (tib. a.rgya.), den Platz an dem Padmasambhava für einige Monate meditiert hatte und der daher großen Segen enthielt, erreichen. Agya bedeutet 100 Silben „A"; diese hatten sich dort auf wundersame Weise im Stein während der Anwesenheit Padmasambhava gezeigt, wodurch der Platz schließlich seinen Namen erhielt.

Dort baute Arya Chödrön Rinpoche zuerst eine Hütte für sich, praktizierte und reiste mehrfach heimlich und unerkannt in das von den kommunistischen Chinesen besetzte Tibet, um weitere Dharma Instruktionen zu erbitten. Sie erhielt an versteckten Orten von verschiedenen Meisterinnen sehr tiefe Dharma Transmissionen, insbesondere Unterweisungen über die in dieser Tradition berühmte Tsalung (Nadi-, Prana- und Bindu-Praktiken).

Auch reiste sie während dieser Zeit ausführlich durch die Regionen von Bhumtang, Trongsar, Sha, Mongar, Tashigang, Zhemgang und Pema Gatshäl, um die Lehre des Dharma zu verbreiten. Sie lehrte stets die von ihr empfangenen und praktizierten Lehren der Dorje Tshomo Chime und auch der Longchen Nyingthig Traditionen. Obgleich sie die einzige Linienhalterin der Dorje Tshomo Chime Tradition war, folgten die meisten ihrer Schülerinnen eher ihren Longchen Nyingthig Lehren. Die Dorje Tshomo Chime Tradition war nicht mehr sehr weit verbreitet. Trotzdem hatte sie eine kleine Anzahl von Schülerinnen in Bhumtang, Drangla, Sinphu, Dangchu, Buso Wangdü und im Sha Tal. Dort existiert die Dorje Tshomo Chime Lehre bis heute und wird auch noch praktiziert.

---

41 Bezirksverwalter

1997 reiste plötzlich eine zierliche Französin durch Bhutan und ließ sich im Lhundrup Rinchhentse Dzong zu Studienzwecken nieder. Durch den Lama Chatrel Sangay Dorji[42] (tib. bya.bral.sangs.rgyas.rdo.rje.) wurde sie Frauen vorgestellt, die noch die Dorje Tshomo Chime Tradition praktizieren, hierbei lernte sie auch Arya Chödrön Rinpoche kennen.

Diese Französin erkannte Arya Chödrön Rinpoche als ihre Meisterin an und ordinierte als Schülerin unter ihr nach etwa drei Jahren zur Lama Sangmo Yangchen, wörtlich die „freundliche Heilige".

In den nachfolgenden zwei Jahren entdeckte Arya Chödrön Rinpoche mehr und mehr die einzigartigen Begabungen und Befähigungen von Lama Sangmo Yangchen und erkannte sie als die vierte Reinkarnation von Dorje Tshomo Chime an.

2002 wurde sie dann von Arya Chödrön Rinpoche feierlich in einer großen Zeremonie zur Tulku Dawa Lhamo inthronisiert. Sie wurde nun die neue Linienhalterin der Dorje Tshomo Chime Tradition, nicht nur in Bhutan, sondern weltweit.

---

42   War in Bhutan ein berühmter Dzogchen-Meister, *1913 †2015

Der Vajra

K ristallklar und unzerstörbar wie ein geschliffener Diamant muss das Bewusstsein im Vajrayana sein. Der Diamant symbolisiert buddhistisch die vollkommene Makellosigkeit der Leere. Der Sanskrit-Begriff „Vajra" bedeutet "hart" oder "mächtig" und die tibetische Entsprechung "Dorje" (tib.: rdo.rje.) bezeichnet den König der Steine mit seinen unzerstörbaren Eigenschaften, seiner unzerstörbaren Härte und seine unzerstörbare Strahlkraft. Der Vajra ist das essentiellste Symbol des Vajrayana-Weges, des Diamant-Fahrzeugs; der Begriff Vajra gibt diesem seinen Namen, auch wird er in vielerlei Zusammenhängen zur tantrischen Lehre Buddhas gebraucht. So zum Beispiel werden viele Gottheiten als Vajra-Gottheiten bezeichnet, viele Merkmale und Eigenschaften oder Zustände als Vajra-Merkmale oder -Zustände.

Der Vajra symbolisiert zentral die Undurchdringbarkeit, Unaufbrechbarkeit, Unteilbarkeit, Unzerstörbarkeit der Erleuchtung, des Buddhazustandes als Vajra-Geist. Gemäß der Sichtweise in der buddhistischen Lehre stellt der Vajra die unzerbrechliche Qualität eines Diamanten, die unzerstörbare Kraft eines Donnerkeils und die untrennbare Klarheit des Raums dar.

Ursprünglich soll ein Vajra physisch aus Meteoritum, also aus dem Eisen des Himmels (tib.: gnam.lcags.) hergestellt werden. Ein Eisen-Meteorit, also ein Stein, der vom Himmel fällt, der schier aus dem Nichts als Sternschnuppe oder Feuerball auf die Erde hernieder brennt, um dort als Metall sich niederzuschlagen und sich tief in die Erde zu bohren, ist ein sehr passendes Bild für die Natur des Vajra als Untrennbarkeit von Leerheit und Form. Meteoriten tauchen in den tibetischen Texten angeblich häufig in der Mitte von Hagelstürmen, also von Unwettern auf, bei denen elektrische Entladungen wie Pfeile auf die Erde brennen, mit Temperaturen, die heißer als die der Sonne sind, um in der Erde das Himmelsmetall zu hinterlassen. Wie passend daher, dass dieses Objekt Vajra als Waffe analog zu den Gewalten der Natur gesehen wird. Daher wird der aus Meteoritum hergestellte Vajra als Objekt mit besonderen Qualitäten angesehen; heutzutage wird zumindest in den Vajras besserer Qualität ein Teil dieser außerirdischen Substanz zur Herstellung noch mit verwendet.

Der Vajra ist das vorherrschende Symbol bei allen Darstellungen von Gottheiten; bei friedvollen Gottheiten ist er ein Zepter und eine unzerstörbare Waffe bei zornvollen Gottheiten. Der Vajra symbolisiert das männliche Prinzip, die Methode oder die geschickten Mittel, der mit der rechten oder männlichen Hand gehalten wird. Er wird meist zusammen mit einer Glocke (tib.: dril.bu., skt.: ghanta) verwendet, die Weisheit symbolisiert und mit der linken oder weiblichen Hand gehalten wird. Ihr gemeinsames Auftreten, ihre gemeinsame Verwendung repräsentiert die perfekte Vereinigung von Mittel und Weisheit. Der Gebrauch des Vajras und des Begriffes zieht sich durch alle Ebenen buddhistischer Philosophie und Praxis und ist ein untrennbarer Teil der gesamten Lehre.

Historisch wird der Gebrauch des Vajras sowohl als Waffe als auch als Zepter überliefert; als Waffe wurde er wohl geworfen oder geschwungen und als Zepter ist die Ähnlichkeit zu den königlichen Symbolen des Westens unübersehbar. In den indischen Veden wurde er bereits etwa 500 vor unserer Zeitrechnung als Metallstab mit vielen Speichen beschrieben, der von Indra, dem Herrn der Götter, in Auftrag gegeben worden war.

Ein Vajra wird dargestellt mit ein, zwei, drei, vier, fünf, sechs oder neun Speichen auf jeder Seite. Die fünf- oder neunspeichigen Versionen sind die gebräuchlichsten in den tantrisch-buddhistischen Traditionen.

Der fünfspeichige Vajra wird als Symbol bei zahllosen Ritualobjekten verwendet; so findet er sich auch als Ornament bei Phurbas, Haumessern oder Ritualstäben wieder.

Als Hauptsymbol der Erleuchtung repräsentiert er die untrennbaren Perfektionen der Weisheiten der fünf Buddha-Familien sowie das Ziel der Körper der Weisheiten dieser fünf Familien. Der neunspeichige Vajra symbolisiert die fünf Buddhas der fünf Richtungen sowie deren Gefährtinnen. Auch symbolisiert er die neun Yanas oder Wege, wobei jeweils das Zentrum und die acht Richtungen gezählt werden.

Der Doppelvajra oder Vishvavajra (tib.: rdo.rje.rgya.gram. oder auch sna.tshogs.rdo.rje.) ist der gekreuzte oder universelle Vajra, der unter dem Berg Meru, dem Zentrum des Vajrayana-Universums lokalisiert ist. Er repräsentiert das Prinzip absoluter Stabilität, die durch das Erdelement charakterisiert wird. Die physische Position, in der Buddha Shakyamuni unter dem Bodhibaum den Geist Vajra erreichte, heißt Vajra Position - Vajrasana oder auf Tibetisch Dorje Dän (tib.: rdo.rje.ldan.). Ebenso werden daher diese Körper- beziehungsweise Beinpositionen bei Gottheiten und beim Praktizieren mit dem gleichen Begriff bezeichnet.

Häufig werden auch Throne, also erhöhte Sitze von hohen Lamas auf der Vorderseite mit einem kostbaren Seidenstoff aus Brokatdamast geschmückt, auf dem ein Doppelvajra dargestellt ist. Dieses Symbol stellt die unzerstörbare Realität des Buddha-Geistes als unverrückbare Basis oder Thron der Erleuchtung dar.

Die Bedeutung des Doppelvajras beinhaltet sämtliche Ebenen der buddhistischen Praxiswege. So beinhaltet er über die Bedeutung des neunspeichigen Vajras hinaus den Symbolismus der vier erleuchteten Aktivitäten Buddhas in den vier Richtungen, die gesamte Ikonographie der Paläste der Mandalas von Gottheiten der tantrischen Praxistraditionen, sowie schließlich auch die zwölf Glieder des Entstehens aus wechselseitiger Abhängigkeit und die zwölf Taten des Buddha. Der neunfache Doppelvajra hat daher insgesamt 36 Speichen, die zusammen mit dem Zentrum die 37 Aspekte des Weges zur Erleuchtung symbolisieren sollen.

Tulku Dawa Lhamo

E ines vorweg, die Menschen kommen und gehen. Und mit ihnen kommen und vergehen auch ihre Namen wie Schall und Rauch. Aber es bleiben ihr Wirken und Wollen im Diesseits haften und bei besonders geschickten Umständen wird auch geheimes Wissen im jenseitigen tantrischen Bewusstsein abgelegt und für das nächste Leben aufbewahrt.

Tulku Dawa Lhamo wurde als Rosiel Aveline Fayette 1958 in Faugères geboren und wuchs dort auf. Ihr französischer Vater betrieb im Ort einen kleinen Krämerladen, ihre elsässische Mutter besaß die übernatürliche Fähigkeit des heilenden Handauflegens, die zwar nie trainiert oder weiterentwickelt wurde, aber in privaten Kreisen gerne kostenlos angenommen wurde. Die Tochter lernte deshalb frühzeitig, dass es zwischen Himmel und Erde auch intuitive Erscheinungen gibt, die nicht verstandesmäßig erfasst werden können.

Beide Eltern besaßen keinerlei Wissen über Buddhismus oder Reinkarnation und hatten daher auch keine Ahnung, wie sie die seltsamen Verhaltensweisen ihrer Tochter verstehen sollten, die sich deutlich von dem Verhalten anderer Kinder unterschieden. Das kleine Mädchen hatte die Angewohnheit in Pfützen und am Wasser zu spielen und sich vollkommen zu vergessen, während sie die Wolken darin anschaute. Stets wurde sie als unrealistische Träumerin angesehen, da sie sich für die Schule überhaupt nicht interessierte.

Mit zunehmenden Alter zeigte das Mädchen großes Interesse an Symbolen des Ostens und des Dharmas. Sie beschäftigte sich mit Yoga und Atemübungen, besonders mit den spirituellen Aspekten der Asanas[43] und Pranayamas[44].

In jungen Jahren las sie bereits sämtliche Bücher der Tibet-Reisenden Alexandra David-Néel (1868 - 1969). Diese anarchistische und feministische Französin Alexandra David-Néel war die erste europäische Frau, die absichtlich mehrmals nach Tibet reiste - auf abenteuerlichen Wegen und lange vor dem Deutschen Heinrich Harrer, der das ja ursprünglich gar nicht vorgehabt hatte, aber schließlich das Beste daraus machte. Mit Hilfe

---

43 Ruhende Körperstellungen im Yoga
44 Zusammenführung von Körper und Geist durch Atemübungen

ihres Adoptivsohns aus Sikkim[45], Lama Aphur Yongden, gewann Alexandra David-Néel das Vertrauen der spirituellen Meister Tibets und wurde für würdig befunden, in die nur mündlich weitergegebenen Geheimlehren eingeweiht zu werden. Über einen Zeitraum von zwanzig Jahren ließ sie sich von tibetischen Mönchen unterweisen. Sie nahm an tantrischen Ritualen teil. Sie erlernte in Sikkim bei einem Eremiten angeblich die Telepathie. Dann lernte sie die „Tumo-Atmung", die tibetische Meditationskunst künstlicher Körpererwärmung in bedrohlichen Unterkühlungssituationen. Außerdem erschuf sie unbeabsichtigt eine Tulpa, einen psychischen Phantom-Mönch, den sie und andere erst nach vielen Monaten konzentrierter Meditationen wieder loswurden. Sie beobachtete „Lung-gom-pa-Läufer", die fast schwerelos ohne Mühe sehr große Strecken zurücklegen konnten, weil sie in Laufmeditation ihr Körpergewicht stark reduzieren konnten. Nach Frankreich zurückgekehrt, schrieb Alexandra David-Néel an die 30 Bücher. Der Dalai Lama sagte damals, dass Alexandra David-Néel als erster Mensch das wirkliche Tibet in den Westen gebracht hatte.

Nach dem mühsam erkämpften Abitur veränderte ein Aufenthalt in Island das Leben von Rosiel Aveline Fayette. Sie wohnte bei einem Bildhauer am Strand in Reykjavik, der aus Strandgut Skulpturen anfertigte. Sie hatte bei ihm nächtelang dort am Strand gesessen und in den Himmel geblickt, das Spiel von Wasser, Mondlicht und Wolken beobachtet. Die ersten Visionen hatten sie ergriffen und sie war sich sicher, dass der Schlüssel ihrer Suche und Sehnsucht mit Tibet zu tun hatte.

Bald kehrte sie nach Faugères zurück und besorgte sich die französische Fassung des tibetischen Totenbuches. Während sie es las, ging sie völlig in einen Trance-Zustand zwischen Traum und Wirklichkeit über.

Aufgrund der Lektüre dieses Buches, das ihr bisheriges Leben gänzlich veränderte, suchte sie nach einer Möglichkeit, in Frankreich Tibetologie zu studieren, doch sie wurde von mehreren Universitäten wegen ihres schlechten Abiturzeugnisses abgewiesen. Aber sie gab nicht gleich auf.

So widmete sie sich schließlich dem Studium der Tibetologie an der Ludwig Maximilian Universität in München, denn durch ihre Mutter hatte sie ein wenig Deutsch gelernt. Sie teilte sich während des Studiums eine kleine Wohnung zusammen mit einer Kommilitonin im Stadtviertel

---

45 Eine winzige indische Provinz, zwischen Nepal und Bhutan gelegen

Giesing in der Perlacher Straße. Die junge Frau fand über die Buddhistische Gesellschaft Münchens schnell Anschluss an die buddhistische Gemeinde in der Stadt, besuchte Vorträge und Veranstaltungen und kam dann erstmals mit Mönchen der Karma Kagyü Tradition in Kontakt. Sie war einerseits begeistert von den Praktiken, von denen sie vernahm, andererseits aber abgeschreckt von den monastischen Zügen dieser Tradition.

Sie besuchte so viele buddhistische Lehrveranstaltungen wie ihr möglich war und hörte den Lehrreden der Lamas aufmerksam zu. Die für sie wichtigsten Ereignisse waren ihre erste Ermächtigung unter dem zwölften Tai Situpa Rinpoche[46], die erste Einweihung in das Könchog Chidü, eine Padmasambhava Praxis, sowie die Gelegenheit, diverse Transmissionen vom dritten Jamgön Kongtrul Rinpoche[47] zu erhalten.

Bald lernte sie auch Khenpo Tsultrim Gyamtso[48], einen Professor der Karma Kagyü Tradition kennen. Unter ihm begann sie Tibetisch zu lernen, Texte zu studieren und machte die ersten Erfahrungen mit der Retreatpraxis.

Sie vertiefte ihre Kenntnis der tibetischen Sprache soweit, dass sie bei einer längeren, nachfolgenden Reise nach Nordindien begann, tibetisch zu sprechen. Das geschah während eines sechsmonatigen Aufenthaltes im Karma Chokhor Dechen Kloster in Rumtek in Sikkim. Die Zeit am Fuße des Himalaya verbrachte sie mit intensivem Studium und Praxis im Retreat. Sie vollendete dort das erste Mal ihre vorbereitenden Übungen und begann mit tieferen Praktiken, die sie von ihrer Khenmo empfangen durfte.

Sie traf dort auch erstmals auf Ngagmos, die Praktizierenden der weißen Nyingma-Tradition. Die unkonventionelle Form und die Freiheit dieser Praktizierenden, auch ihre Ergebenheit zur Meditationspraxis begeisterten sie und sie wünschte sich, trotz des Widerstands ihrer Lehrerin, selbst eine Ngagmo zu werden.

In der Zeit mit Khenpo Tsultrim Gyamtso studierte sie wesentliche Schriften des Mahayana und Vajrayana Kanons, unter anderem das Bodhicharyavatara (einem wesentlichen Text über das Prinzip von Liebe und Mitgefühl), Mahayana Uttaratantrashastra (die Lehren über die

---

46 Bedeutender Tulku der Karma Kagyü Tradition, *1954
47 Bedeutender Tulku der Karma Kagyü Tradition, *1954 †1992
48 Ein Meister der Karma Kagyü Tradition, *1934

Buddhanatur), Madhyamakavatara (tib. dbu.ma.la.ajug.pa. - ein Text über die Bedeutung des mittleren Weges), Zabmo Nang Dön, (dieser Vajrayana Text „Die tiefe innere Bedeutung" ist eine Karma Kagyü Entsprechung des Guhyagarbha der Nyingmapa Tradition), diverser Kommentare zu diesen Texten sowie die zur Praxis notwendigen Erklärungen und Kommentare. Sie erhielt von ihrer Khenmo auch Erklärungen über diverse andere Themengebiete wie den 37 Verhaltensweisen der Bodhisattvas, buddhistische Logik, das Herzsutra, die Lehren Milarepas, das Hevajra Tantra und vieles mehr.

In dieser Zeit in Indien hatte sie auch Gelegenheit nach Darjeeling zu reisen und empfing dort von Kalu Rinpoche[49] das Rinchen Terdzö. Das Rinchen Terdzö war von Jamgön Kongtrul Lodrö Thaye (einer der Mitbegründer der Rime-Bewegung) 1871 bis 1893 zusammengestellt worden, umfasst 63 Bände und beinhaltet eine große Terma-Sammlung der Tertöns aller buddhistischen Traditionen, hauptsächlich jedoch der Nyingma Tradition.

Sie fühlte damals bereits, dass es mit dieser Textsammlung etwas besonderes auf sich hatte, aber sie verstand es zunächst noch nicht.

Nach ihrer Rückkehr nach Frankreich entschied sie sich sehr zum Leidwesen der Eltern für ein Drei-Jahres-Retreat im ersten französischen Kloster der Karma Kagyü Tradition im Karma Migyur Ling in Izeron in den französischen Alpen.

Während der Zeit in Karma Migyur Ling führte sie das zweite Mal die vorbereitenden Übungen aus, praktizierte zahlreiche Formen von Guru Yoga und durfte eine Praxis ausführen, auf die sie sich lange gefreut hatte. Die Transmission vom Tertön Jatshön Nyingpo[50] nennt sich Könchog Chidü und enthält einen Praxisweg auf Padmasambhava. In dieser Zeit erhielt sie auch die zahlreichen, für ein solches Retreat notwendigen Transmissionen vom neunten Khenchen Thrangu Rinpoche[51] und wurde eine Rabjung[52].

Diese Zeit im Kloster sollte aber zum Albtraum werden. Folgend der Lehre Buddhas begann die junge Praktizierende Fragen zu stellen, die dort als unbequem angesehen wurden und sie passte sich einfach nicht ein in

---

49 Linienhalter der Shangpa Kagyü Tradition, *1905 †1989
50 Ein Tertön und Meister der Nyingma und Kagyü, *1585 †1656
51 Bedeutender Tulku der Karma Kagyü Tradition,*1933
52 Eine Novizin bzw. Postulantin der Karma Kagyü Tradition

die dogmatischen Strukturen des Klosterlebens. Nach einer längeren Zeit der Probleme mit den dogmatischen und sektiererischen Strukturen dort entschied sie sich, das klösterliche Retreat nach etwa der Hälfte der Zeit schon zu verlassen und ihr Studium und ihre Retreats unter der Anleitung einer persönlichen Meisterin individuell weiterzuverfolgen.

Als sie ging, nahm sie die Zuversicht mit sich, einen Weg gefunden zu haben, der für sie auch eng mit Medizin und Heilung zu tun haben sollte.

Nach ihrem vorzeitigen Abbruch des Retreats folgte sie, um ihren Weg trotzdem in der Kagyü Tradition fortsetzen zu können, von da an Ketu Nyima Jamyang Rinpoche, eine Kagyü-Gelongma[53], die im Westen so gut wie unbekannt ist, aber enorm geschult war von ihrer Meisterin Khandro Tsering Chödrön[54]. Unter Ketu Nyima Jamyang Rinpoche führte sie den zuvor begonnen Weg weiter und praktizierte insbesondere ausführlich und vollständig die Mandalas von Dorje Phagmo und Khorlo Demchog, zwei der Hauptpraktiken der Kagyü Traditionen in der aufbauenden und vollendenden Phase. Sie erhielt die Transmissionen und Einweihungen in die Karma Kagyü Form der sechs Yogas von Naropa, einem System yogischer Praktiken aus den buddhistischen Tantras, die Einweihungssammlung einer Karmamo, die als Chigshe Kündröl bezeichnet wird sowie die Kagyü Ngagdzö Transmission.

Nach Jahren der Praxis in dieser Form stellte sich in ihren Träumen und ihrer Praxis die Gegenwart von Dilgo Khyentse Rinpoche[55] ein, einem großen Meister, dem sie aber noch nie begegnet war.

Sie folgte dieser Erfahrung, suchte und traf auf Dilgo Khyentse Rinpoche und bat darum, von ihm als Schülerin angenommen zu werden. So war es möglich, von ihm die wohl wichtigste Einweihung zu erhalten, die Transmission des Thri Yeshe Lama (tib. khrid.ye.shes.bla.ma.), eines Dzogchen Textes, der auf Jigme Lingpa[56] zurückgeht. Diese Transmission sowie ein später folgendes kurzes Interview mit dem größten Ngagpa ihrer Zeit bewirkten bei ihr die tiefsten Erfahrungen, die sie immer begleiteten. Diese Begegnung mit Dilgo Khyentse Rinpoche und ihre für sie konstante erfahrbare Gegenwart machten es ihr möglich, ihren Praxisweg weiterzuführen.

---

53 Eine Nonne der Kagyü Tradition
54 Gefährtin des Meisters Jamyang Khyentse Chökyi Lodrö, *1929 †2011
55 Oberhaupt der Nyingma Tradition, *1910 †1991
56 Bedeutender Meister und Tertön der Nyingma Tradition, *1729 †1798

Obgleich die Zeit mit Dilgo Khyentse Rinpoche wirklich sehr kurz war, sah sie ihn als ihren Root-Guru an, der ihr stets den Weg zeigte. Während sie mit dem Segen von Dilgo Khyentse Rinpoche im Retreat war, verschied dieser aber überraschend 1991, weshalb ihre Hoffnungen auf weitere Instruktionen sich nicht erfüllen konnten. Ohne viele Worte hatte er ihr den Weg gewiesen und obgleich viele Jahre vergangen sind, seit Dilgo Khyentse Rinpoche nicht mehr physisch zugegen ist, war er stets für sie die Quelle allen Segens.

Sie versuchte ihre Praxis in einem erneuten Retreat fortzusetzen, aber in der darauffolgenden Zeit kam Jamgön Kongtrul Rinpoche 1992 bei einem Verkehrsunfall ums Leben und die Karma Kagyü Tradition entzweite sich, weshalb sie nicht länger diesen Weg folgen mochte.

Um den begonnenen Weg der Kagyü Tradition fortzusetzen, trat sie in Kontakt mit einem Lama der Drikung Kagyü Tradition, mit Drubpön Sönam Jorphel Rinpoche[57], einem Lama aus Ladakh. Von ihm erhielt sie die Transmission der sechs Yogas von Naropa der Drikung Kagyü Tradition, dann die Lehre von Rigzin Chödrak sowie die Transmission von Achi Chökyi Drölma, die sie vollständig praktizierte. Durch diese Praxis der Drölma beziehungsweise Tara mit dem Spiegel in der Hand kam ihr die Erleuchtung des Selbstbeobachtens und es wurde ihr möglich, sich klarer zu erinnern an vergangene Lebenszeiten, zu denen sie den Lama befragte. Dieser bestätigte ihre Erinnerungen und erklärte, sie müsse selbst herausfinden, worum es genau ging.

In jedem Fall war es bereits zu dieser Zeit möglich, die Plätze zu lokalisieren, an denen sie die von ihr gesuchte Tradition ihrer Vergangenheit vermutete. Ein Platz war Mön, ein anderer Name für Bhumtang in Bhutan, wie sie später erfuhr, und der andere Platz lag im Grenzgebiet des Südostens von Tibet und grenzt an China, der Bereich von Gyalmorong (tib. rgyal.mo.rong.).

Wohin der Weg ging, hatte sie herausgefunden. Aber sie erhielt keinerlei Unterstützung, um herauszufinden, wie sie mit der entsprechenden Tradition in Kontakt treten könnte. Sie suchte diverse Lamas auf und stellte Fragen über ihre Erfahrungen, aber man nahm sie nicht ernst.

Diese Erfahrungen brachten sie wieder zurück zum Rinchen Terdzö. Immer klarer wurde die Lehre, nach der sie suchte, bis ihr dort die ersten

---

57 Einer der wichtigsten Linienhalter der Drikung Kagyü Tradition, *1939

Texte in die Hände fielen. Jahrelang hatte sie so das Rinchen Terdzö und andere Texte studiert, wobei ihr insbesondere die Termas von Vairochana und Dorje Tshomo Chime wichtig waren. Bezeichnenderweise waren gerade die Bibliotheken des Westens sehr hilfreich; sie fand dort weitere Texte von Vairochana und Dorje Tshomo Chime und als sie ihre tibetischen Lehrer nach dieser Tradition befragte, hieß es immer wieder, diese Lehren seien verloren gegangen, seien nicht mehr existent, sie solle sich lieber mit jenen Dingen beschäftigen, die noch vorhanden seien.

Sie suchte weiter, fühlte sich hingezogen zu den alten Termas, die sie in der Nyingma Tradition, der alten Tradition des Tibetischen Buddhismus fand, doch sie erhielt niemals irgendeine Unterstützung, alle waren zu beschäftigt mit dem Erhalt ihrer eigenen Lehren. So forschte sie individuell weiter, mit den wenigen Fragmenten von Informationen, die sie von ihren Lamas erhalten konnte.

Sie erhielt von Penor Rinpoche[58], das Oberhaupt der Pelyül Nyingma Tradition, die Nyingthik Yashi Transmission, die als eine der tiefsten Dzogchen Ermächtigungen gilt. Abermals zeigten sich ähnliche Erfahrungen wie Jahre zuvor bei der Ermächtigung von Dilgo Khyentse Rinpoche und sie suchte nach einem Gespräch mit Penor Rinpoche. Das wurde bedauerlicherweise von seinen Bediensteten und Assistenten verhindert.

Als sie von Kyabjé Trulshik Rinpoche[59] die Einweihungen zum Damngagdzö, einem weiteren der fünf Schätze von Jamgon Kongtrul, erhielt und sie eine Einweihung aus der Tradition von Vairochana erhielt, war sie sich sicher, die Tradition ihrer letzten Leben gefunden zu haben. Aber auch hier wurde ihr ein klärender Gesprächstermin vereitelt.

Jedoch wurde durch die lebendige Übertragung dieser Transmissionen die Erinnerungen mehr und mehr lebendig. Sie musste nur noch herausfinden, wo die letzten Praktizierenden dieser Tradition lebten.

Dabei kam sie mit bhutanischen Geschäftsleuten in Kontakt, die ihr erzählten, dass die Dorje Tshomo Chime Tradition dort in Bhutan noch lebendig sei. Den Staat Bhutan selbst zu bereisen und Nachforschungen dort anzustellen, war für sie damals undenkbar, doch konnte sie einen Bhutaner dafür gewinnen, für sie dort nachzuforschen.

---

58 War von 1993 bis 2001 auch das Oberhaupt der gesamten Nyingma Tradition, *1932 †2009
59 Ein bedeutender Meister der Nyingma Tradition, *1924 †2011

Die Antwort war positiv, der ersten Kontakt in Bhutan war für sie der Lama Chatrel Sangay Dorji. Dies geschah im Mai 1997. Sie bat ihn um Kontakte zur Dorje Tshomo Chime Tradition, dieser willigte ein und Rosiel Aveline Fayette durfte erstmals einreisen.

Über ihn lernte sie Frauen kennen, die noch die Dorje Tshomo Chime Tradition praktizieren. Sie traf auf Arya Chödrön Rinpoche und wurde von ihr drei Jahre geschult, dann wurde sie von ihr zur Lama Sangmo Yangchen, wörtlich die „freundliche Heilige" ernannt.

Monate, bevor der erste Kontakt hergestellt wurde, war in Bhutan Arya Chödrön Rinpoche bereits von Visionen heimgesucht worden. In ihren Träumen forderten Khandromas sie auf, dass sie ihnen den Vajra bringen sollte, womit sie aber nichts anzufangen wusste. Die visionären Zeichen tauchten immer wieder auf und ließen sie nicht in Ruhe, bis sie eines Tages von einem bhutanischen Geschäftsmann aufgesucht wurde, der ihr die Visitenkarte von Rosiel Aveline Fayette übergab. Auf der Rückseite der Karte war ein neunfacher Vajra aufgemalt, damit hörten die Visionen auf.

Später begegnete Arya Chödrön Rinpoche in ihren Träumen Dorje Tshomo Chime persönlich, die sie segnete und prophezeite, dass wenn sie alle ihre Transmissionen dieser Rosiel Aveline Fayette geben würde, die Dorje Tshomo Chime Tradition nicht nur überleben, sondern sich überall hin verbreiten würde. Arya Chödrön Rinpoche war sich sicher, durch diese intensiven und speziellen Visionen und Zeichen auf eine Tulku der eigenen Tradition getroffen zu sein.

Tulkus, manchmal auch als Trülkus bezeichnet, sind gemäß einer Erklärung von Penor Rinpoche Reinkarnationen von buddhistischen Meisterinnen und Meistern, die aus Mitgefühl für die Leiden der fühlenden Wesen versprochen haben, wieder Geburt anzunehmen, um allen Wesen zu helfen, den Zustand der Erleuchtung zu erreichen. Normalerweise werden diese Tulkus von den Lamas ihrer entsprechenden Tradition bereits in den frühen Jahren ihrer Wiedergeburt entdeckt, inthronisiert und ausgebildet. In dem Fall von Lama Sangmo Yangchen trifft das nicht zu, da sie ihre Tradition selbst gesucht und wiedergefunden hat. Kein gewöhnlicher Fall.

Im Januar 2002 waren dann alle Vorbereitungen abgeschlossen. Tulku Dawa Lhamo, damals noch Lama Sangmo Yangchen, flog über Kathmandu nach Paro in Bhutan.

Dort traf sie wieder auf Arya Chödrön Rinpoche und erhielt den gesamten Einweihungszyklus. Arya Chödrön Rinpoche prüfte sie in einigen Situationen und fand ihre Vermutung bestätigt, dass eine Tulku der Tradition wieder zurückgekommen sei. Daraufhin äußerte Arya Chödrön Rinpoche den Wunsch, Lama Sangmo Yangchen als Linienhalterin der Tradition einzusetzen und sie als Tulku zu inthronisieren. Lama Sangmo Yangchen gab aber diesem Wunsch erst nach, nachdem alle anwesenden Lamas der Dorje Tshomo Chime Blutlinie sie dringlich darum baten, da sie dies als letzte Überlebenschance der Tradition sahen. So nahm sie die Ermächtigung zur Dorje Lobpön, zur Vajra Regentin der Dorje Tshomo Chime Tradition entgegen. Als Vajra Regentin, so wurde ihr von Arya Chödrön Rinpoche erklärt, ist sie dann die Stellvertreterin und Halterin der Dorje Tshomo Chime Tradition, was auch alle Verpflichtungen zum Erhalt der Tradition einschließt.

Am 14. Januar 2002 fand schließlich die Inthronisation in kleinem Kreise in einem Lhakhang[60] in der Nähe von Paro statt. Sie wurde inthronisiert als die vierte Reinkarnation von Dorje Tshomo Chime mit dem Namen Tulku Dawa Lhamo, wörtlich übersetzt die „Wiedergeborene Mondgöttin".

Einen Monat später reiste Tulku Dawa Lhamo in Begleitung von zwei Dorje Tshomo Chime Lamas nach Dehradun in Indien zum elften Mindrolling Trichen Rinpoche, um von ihm die Wiedererkennungs-urkunde besiegeln zu lassen und ihren Segen für den Fortbestand der Dorje Tshomo Chime Linie zu erhalten. Mindrolling Trichen Rinpoche empfing trotz seiner schlechten Gesundheit die Delegation, erteilte seinen Segen und bestätigte die Wiedererkennung.

Bis heute hatte Tulku Dawa Lhamo einige Jahrzehnte Erfahrung mit der buddhistischen Lehre und etwa die Hälfte der Zeit verbrachte sie mit Meistern und Meisterinnen der Kagyü und Nyingma Traditionen. Sie hat die tibetische Sprache gelernt und diverse Texte studiert, sah sich aber weder als Übersetzerin noch als Gelehrte, sondern einfach als tibetisch sprechende Praktizierende der alten Traditionen.

---

60 Klostertempel

Sie praktiziert mit einer täglichen Praxis von etwa drei bis vier Stunden, verbringt darüber hinaus jedes Jahr einige Monate in Bhutan, um sich zurückzuziehen und ihre Studien fortzusetzen.

Da sie nun endlich nach jahrelanger Suche all ihre Ahnungen bestätigt weiß, sieht sie es als ihre natürliche Aufgabe an, ihrer Tradition zu helfen, damit diese eine Chance zum Überleben bekommt. Möge allen, die auf der spirituellen Suche sind, ihre Hoffnung und ihr Glauben an die Wahrheit dessen, was sie fühlen oder intuitiv ahnen, gestärkt werden, so dass sie ausdauernd mit reinem Herzen ihre Suche fortsetzen, sie durch alle Prüfungen gehen, die sich ihnen in den Weg stellen und nie ihr Ziel vergessen oder gar aufgeben, bis sie ihre spirituelle Bestimmung gefunden haben.

Auch einer westlichen Frau in der modernen Zeit ist es möglich, noch Dinge zu tun, von denen die meisten annehmen, dass gerade eine Europäerin so etwas nicht kann, dass diese Thematik in der modernen Zeit keinen Platz mehr hat und daher eher in den Bereich der Fantasieliteratur gehört. Manchmal jedoch können „Träume" wahr werden, die tatsächlich Zeichen sind, Zeichen der Wahrheit der alten Welt sind.

Tulku Dawa Lhamo hat ihr Leben dem Dienst am Menschen und der Bewahrung ausgewählter Traditionen Tibets gewidmet. Ihre Aktivitäten sind sehr vielfältig und beziehen sowohl die Bedürfnissen der Menschen in Asien als auch die Interessen westlicher Menschen mit ein. Das schließt persönliche Hilfe für in Not geratene einzelne Menschen als auch für Schicksale einzelner Gruppierungen mit ein.

Die Zukunft der Dorje Tshomo Chime Tradition hängt nun davon ab, inwieweit es Tulku Dawa Lhamo ermöglicht wird, alte Texte zu sammeln und die noch fehlenden Transmissionen von Arya Chödrön Rinpoche zu erhalten. In Bhutan gibt es außer ihr niemanden, die dazu befähigt ist und die nur annähernd ihr Wissen besitzt. Darüber hinaus mag es durchaus möglich sein, dass auch noch in anderen entlegenen Plätzen in Indien, Nepal und Tibet Familientraditionen und Praktizierende der Dorje Tshomo Chime beziehungsweise der Vairochana-Linien aktiv sind und das Interesse haben, ihr Wissen und ihre Tradition weiterzugeben und damit zu erhalten. Die Lokalisierung dieser Gruppierungen ist in Arbeit, ebenso die Sammlung alter Textmaterialien und die anschließende Restaurierung sowie eine öffentlich zugängliche, digitale Dokumentation aller Texte.

Die Lehren der Dorje Tshomo Chime Tradition

In sämtlichen tibetischen Traditionen gibt es heutzutage leider eine massive Konzentration monastischer Einrichtungen und Formen. Es wurden klosterartige Dörfer oder Städte konstruiert, die eindeutig durch ihre Form und der von ihnen vertretenen Lehren eine Dominanz zum Ausdruck bringen. Es ist eine eigentlich unbuddhistische Dominanz, die nur suggeriert, was groß ist, muss wohl auch gültig sein. Es gibt aber auch Traditionen, die ohne Bauwerke auskommen, die auch ohne Klosterleben wirken können.

Gerne ist daher bisher, auch auf Nachfrage, verschwiegen worden, dass es die Dorje Tshomo Chime Tradition überhaupt noch gibt. Jedoch ist seit langem bekannt, auch unter Vertretern der großen Traditionen, dass es nicht so gut um die einst so große Dorje Tshomo Chime Tradition steht. Viele dieser Rinpoches wissen, dass Arya Chödrön Rinpoche, die einzige Tochter der verstorbenen Thaye Yumtso, im Osten von Bhutan lebt und die Überlieferung aufrecht erhält, die außer ihr keine andere Linienhalterin mehr hatte. Trotzdem hat sich in all den vergangenen Jahrzehnten niemand aus den Reihen der Großen interessiert und bemüht, die „Reste" dieses Erbes von Arya Chödrön Rinpoche zu erbitten und somit für die Zukunft zu erhalten. Diese Tradition hat somit keine Unterstützung derer erfahren, die eigentlich um ihren Zustand wussten.

Als sehr ursprüngliche und alte Tradition innerhalb der Nyingma Tradition ist die Dorje Tshomo Chime Tradition stets eine Familientradition gewesen, die aus Ngagmos bestand. Einen Dharmaweg als Nonne hat es dort nie gegeben.

Heutzutage werden in den großen monastischen Einrichtungen Ngagpas und Ngagmos als legitime Vertreter und Vertreterinnen der Tradition jedoch nicht mehr gerne gesehen. In allen Traditionen, man muss betonen „im Exil", ist die Ansicht verbreitet, dass Mönche die einzigen legitimen Halter der Lehre sind und entsprechend unterstützt werden müssen. Buddhistische Nonnen hingegen sind sehr selten, ihre Klöster sowieso, und ihre Bekanntheit und ihr Ansehen in der westlichen Welt fast gleich Null. Denn wie bei manchen anderen Religionen auch hat der Buddhismus sich zu einer Männerreligion hin entwickelt. Das gilt für alle buddhistischen Richtungen, egal ob Mahayana, Theravada, Zen oder Vajrayana.

Es muss sich zeigen, ob es heute überhaupt noch darum geht, die ursprüngliche Pluralität der Traditionen und Wege zu erhalten, die als essentieller Teil der Lehre gelehrt werden oder ob es nur noch darum geht, in Formen zu praktizieren, die nur den klerikalen Traditionen entsprechen.

Bereits zu Padmasambhavas Zeiten gab es Frauen in der Sangha, aber nicht als Nonne im Kloster. Tibetische Nonnen hingegen wurde erstmals in den „Blauen Annalen" während der späteren Ausbreitung der Lehre in Tibet im 11. und 12. Jahrhundert nach unserer Zeitrechnung urkundlich erwähnt. Vom frühen 14. bis zum Anfang des 16. Jahrhunderts gab es in Tibet viele voll ordinierte Nonnen (tib. gelongma, skt. bhikshuni), im 17. Jahrhundert sind sie alle dann fast spurlos aus den Überlieferungen getilgt worden. Da die Ngagmos der Dorje Tshomo Chime Tradition weder Klöster noch Nonnen hatten, konnte diese Linie über die vielen Jahrhunderte unverfolgt überleben.

Es wird überliefert, dass Dorje Tshomo Chime insgesamt 39 große Termas (Schätze/Entdeckungen) fand und wenn man die Neben- oder Instruktionsschätze hinzuzählt, kommt man auf etwa 108 wiederentdeckte Termas.

Eine andere Kalkulation von Arya Chödrön Rinpoche zählt hingegen 18 Zyklen; jeder Zyklus beinhaltet komplett die aufbauende und vollendende Phase - von den Vorbereitungen über die vollständige aufbauende Phase, dann zur vollendenden Phase, der Praxis von Nadi, Prana und Bindu, der Tsalung-Praxis (tib. rtsa.rlung.), bis hin zur Praxis der großen Vollendung - Dzogchen-Ati. In manchen Texten der Dorje Tshomo Chime Tradition wird manchmal aber auch von 25 großen Zyklen gesprochen.

Ein Zyklus kann, wie überliefert, aus einem Band, mehreren Bänden, einer Textreihe oder nur aus einem Text von wenigen Seiten bestehen.

Grob kalkuliert bestand in alten Zeiten die Lehre Dorje Tshomo Chimes aus sehr viel mehr als 60, möglicherweise eher 80 bis 90 Bänden, von denen noch gedruckt heute gerade einmal 23 erhalten sind. Diese Kalkulation umfasst nur den buddhistischen Teil ihrer Termas; kein Wunder also, warum von ihr als eine der großen Terma-Königin gesprochen wird.

Was genau sie alles entdeckte, lässt sich kaum noch nachvollziehen; nur durch die entsprechenden Texte oder deren Überreste und Teilstücke lässt sich das fragmentarisch ableiten.

Die Aufzeichnungen über die von ihr entdeckten Schätze beziehen sich hauptsächlich auf die für buddhistische Kreise relevanten, da sie von Buddhisten verfasst wurden. Die Bönpos gehen auf ihre Art in gleicher Weise damit um. Hier wird dann entsprechend der buddhistische Teil vernachlässigt. Sie sprechen überhaupt nicht über Dorje Tshomo Chime, sondern stets über Shakabmo Karmogyen, die ihnen wohl bekannt ist.

Einige der überlieferten Texte aus dem Kanon der buddhistischen Termas sind folgende Texte, die entweder einzelne Texte oder Bände sind. Die Liste ist keinesfalls vollständig, jedoch beinhaltet sie die Zyklen, von denen in buddhistischen Kreisen bekannt ist, dass sie existierten.

Diverse instruierende Lebensgeschichten (tib. rnam.thar.thang.yig.); bisher sind davon vier Bände wiedergefunden worden. Nur einer ist in lesbarer Form.

Die weite Sicht der friedvollen und zornvollen Gottheiten (tib. zhi.khro.lta.ba.long.yangs.), was auch als Vater-Tantra der weiten Sicht bezeichnet wird (tib. pha.rgyud.lta.ba.long.yangs.); scheint bisher vollständig zu sein. Besteht bisher aus sechs Bänden, von denen vier in lesbarem Format sind.

Das Mutter-Tantra der Sonne (tib. ma.rgyud.long.gsal.nyi.ma.); nur ein fragmentarischer Band ist bekannt und dieser ist noch nicht verwendbar.

Die Überlieferung der weiten Sicht des Dzogchen (tib. rdzogs.chen. lta.ba.long.yangs.); Bisher drei Bände. Davon sind aber nur zwei lesbar, der dritte Band ist fragmentarisch.

Die innerste Essenz der Khandroma, die Vereinigung von Sonne und Mond (tib. mkha.agro.yang.thig.nyi.zla.kha.abyor.); der Band wäre lesbar, aber unterliegt aus angeblich pornographischen Gründen anscheinend der Zensur des Königshauses in Bhutan und wird deshalb vom Abt des Klosters für klosterfremde Personen nicht freigegeben. Seitens der Behörden wird der Vorwurf einer Zensur aber vehement damit zurückgewiesen, dass der Band anscheinend ja gar nicht existiere.

Die zehn Vater-Tantra-Zyklen der innersten Essenz (tib. pha.rgyud. snying.thig.skor.bcu.); ein Zyklus ist noch überliefert, das Hung

KorNying Thig - die Innerste Essenz des Hung, was abermals den gesamten Weg beinhaltet und auch als Quintessenz der Lehren Dorje Tshomo Chimes gesehen wird.

Die vier Zyklen der Kondensierung (tib. adus.pa.akor.bzhi.); es gab in alten Zeiten vier Zyklen: Lama Kadü (tib. bla.ma.bka.adus.), Yidam Kadü (tib. yi.dam.bka.adus.), Khandro Kadü (tib. mkha.agro.bka.adus.) und Chökyong Kadü (tib. chos.skyong.bka.adus.) - die kondensierten Instruktionen der Lama-, Yidam-, Khandroma- und Dharmapala-Zyklen. Nur ein Zyklus scheint erhalten zu sein und das ist Lama Kadü.

Die acht Zweige oder Anhänge (tib. zur.pa.skor.brgyad.); textlich aber bisher nichts auffindbar.

Die zehn Zyklen der Führung zur Erfahrung (tib. rnyams.khrid. skor.bcu.); bisher nur der Text von Zyklus Sieben bekannt.

Die Zyklen der acht Lehren (tib. bka.brgyad.skor.); möglicherweise zählte einst der gesamte Zyklus der Kagyü hierzu. Sollte dem so sein und die Kagyü Zyklen (acht Lehren) nicht als eigener Zyklus gezählt werden, dann sind bisher zwei Bände gesichtet worden.

Die Instruktionen der acht Arten der Überzeugung (tib. gding.brgyad. kyi.gdams.pa.); bisher aber nichts auffindbar.

Die Zyklen des Trios von Guru, Dzogchen und Avalokiteshvara (tib. bla.rdzogs.thugs.gsum.); ist bekannt und weitgehend erhalten.

Die Herz-Essenz Vajrasattvas (tib. rdo.rje.sems.pa.snying.thig.) ist in mehreren Texten noch vorhanden. Das ist ein vollständiger Weg der aufbauenden und vollendenden Phasen der Meditation inklusive eines Dzogchen-Teils.

Von ihren Bön-Werken ist nur wenig überliefert. Bekannt sind:

Die „Die Silberne Nadel der Großen Freude" (tib. rdzogs.chenser.gyi.thur.ma.); dieser Text ist erhalten.

Die große, mittlere, und kleinere mündliche Übertragungslinie von Tapihritsa; dieser Text ist erhalten.

Es heißt gemäß der mündlichen Instruktionen Arya Chödrön Rinpoches, dass es sehr viel mehr aus diesen Bön-Zyklen gegeben haben muss; sie selbst hat aber nur von diesen Überlieferungen gehört. Sie bekam zwar viele Transmissionen von ihrer Mutter Thaye Yumtso. Es gab aber auch schriftliche Aufzeichnungen, die im Detail sämtliche Transmissionen beschrieben, die aber in der Brandkatastrophe vernichtet wurden. Da die Texte nach den Einweihungen jedoch manchmal abgeschrieben wurden, könnten die Bön-Texte rekonstruierbar sein, vorausgesetzt, man findet diese Abschriften.

Wenig bekannt sind insbesondere die Zyklen der Termas, die unmittelbar mit Vairochana in Verbindung stehen. Darüber hinaus gab es noch eine Reihe weiterer Werke: es gab einen als Terma versteckten Zyklus aus den sogenannten mündlichen Transmissionen, einen Zyklus der Innersten Essenz und tatsächlich auch noch bis heute überlieferte Lehren, die mündlich über die Jahrhunderte weitergegeben wurden. All diese sind als Teile der Dorje Tshomo Chime Tradition in alten Zeiten praktiziert worden. Heute dagegen liegt der Fokus in erste Linie auf den noch erhaltenen buddhistischen Termas. Von diesen Werken sind bisher nur wenige Fragmente bekannt. Es gibt keinen Zweifel, dass die laufenden Untersuchungen mehr zu Tage bringen werden.

Obwohl die Überlieferung der Dorje Tshomo Chime Lehre schon sehr alt und fast in Vergessenheit geraten ist, scheint doch noch einiges vorhanden zu sein. Es ist erstaunlich, dass sich die überlieferte Praxisform zumindest soweit erhalten konnte, dass noch Elemente ihrer Ursprünglichkeit lebendig sind. Gerade wenn man die Entwicklung in der buddhistisch-tantrischen Tradition seit dem 12. oder 13. Jahrhundert in Tibet wie in Bhutan betrachtet, ist dies sehr beachtlich, da immerhin andere Überlieferungen aus jener Zeit in ihrer ursprünglichen Form nicht mehr nachweisbar sind.

Diese Elemente zeigen deutlich, dass es vor längerer Zeit in dieser Tradition ganz anders zugegangen sein muss als heute.

Individualität war kein Problem, nicht zuletzt durch die großen räumlichen Distanzen der verschiedenen Plätze der Lehre. So war es möglich, dass einige Traditionen aus Unkenntnis über ihre Existenz überleben konnten und andere einfach verloren gingen, bedingt durch ihre Isolation. So schlummerte diese ursprüngliche Dorje Tshomo Chime Tradition fast wie in einem Dornröschenschlaf, nur noch praktiziert von wenigen weiblichen Lamas.

Obgleich viele Lehren verloren gingen, ist doch noch mehr an überliefertem Material vorhanden, als in den meisten anderen Traditionen der verschiedenen Tertöns. Die Sammlung Pema Lingpas beispielsweise umfasst vollständig überliefert etwas mehr als 40 Bände, was auch nicht gerade wenig ist. Der Unterschied ist nur, ob eine Tradition etabliert und somit ein erkennbarer Referenzpunkt in einer Gegend oder einem Land ist oder eben nicht.

In ihrer ursprünglichsten Struktur ist diese Tradition von Dorje Tshomo Chime als Rime-Tradition[61] zu sehen und das lange bevor der Begriff Verwendung fand. Mehr als die meisten der bekannten Tertöns der buddhistischen Lehren entdeckte sie gleichermaßen buddhistische Termas und Termas der Bön Lehren. Auf welche Art und Weise in älteren Zeiten die gemeinsame Praxis der Dharma und Bön Elemente in dieser Tradition gewesen sein mag, zumindest in Tibet, ist schwer nachzuvollziehen, da viele Texte die zerstörerischen Ereignisse nicht überlebt haben. Das Interesse und die Offenheit von Arya Chödrön Rinpoche und anderen ist sichtbar, obgleich deren Priorität auf den Dharma Aspekten dieses Weges liegt. Wo noch Texte und Transmissionen von Vairochana vorhanden sind, werden sie Hand in Hand mit den überlieferten Praktiken von Dorje Tshomo Chime ausgeführt.

Ob und wie diese einzigartige Kombination der Lehren in Nepal und Tibet praktiziert wurde, lässt sich eventuell noch herausfinden. Bisher jedoch fehlt von jeglicher Gruppierung, die sich ausschließlich der Praxis der Dorje Tshomo Chime Lehren verschrieben hat, jede Spur - solange man nach weiteren Gruppierungen und Einrichtungen nur unter dem Namen Dorje Tshomo Chime sucht. Schaut man jedoch nach einem ihrer anderen Namen, lassen sich durchaus noch Überlieferungen finden, die man eigentlich nur in einer sich Dorje Tshomo Chime nennenden Tradition erwarten würde. Zumindest einige ihrer Lehren scheinen daher von Gruppierungen praktiziert zu werden, die sich als Neue Bön - BönSar, oder Bön-Nyingma beziehungsweise einfach als Bön-Chö bezeichnen. Aus welchen Überlieferungen insgesamt deren Praxiswege bestehen, ist bisher nicht genau zu bestimmen, aber vielleicht ist das auch nicht notwendig. Unter anderem, vielleicht sogar vorrangig, werden dort die Lehren von Dorje Tshomo Chime verwendet, wobei man dort sich auf ihr als Shakabmo Karmogyen beziehungsweise Yungdrung Dorje Tshomo Chime bezieht.

---

61 Eine traditionsübergreifende Bewegung innerhalb des tibetischen Buddhismus

Es scheint also im Laufe der Jahrhunderte ein nicht unwesentlicher Teil der Lehren von Dorje Tshomo Chime möglicherweise in Kombination mit anderen ähnlichen Lehren als die Tradition der Neuen Bön oder einfach als lose Kombination in sogenannten Bön-Chö oder Bön-Nyingma Gruppierungen überlebt zu haben.

Die Sicht- und Praxisform der Dorje Tshomo Chime Überlieferungslinie entspricht ausnahmslos der generell ausgeführten Form aller Nyingma Traditionen, die sich gemäß der neun Yanas oder Fahrzeuge üben, soweit es den vorrangig heute geübten Teil der buddhistischen Lehre betrifft.

Dieser Teil ist in sofern relevant, als das es hier um einen Teil der Terma-Überlieferungen von Dorje Tshomo Chime geht, die in Verbindung mit der Bön-Tradition stehen. Der von ihr überlieferte Weg und die Lehre der Bönpos kann und soll hier jedoch nicht dargestellt werden. Es ist überliefert, dass die Bön-Tradition ihr eigenes Design und ihre eigene Formen und Linien haben, welche aus unterschiedlichen aufeinander abgestuften Wegen besteht. Diese sind über sehr lange Zeit funktionsfähig überliefert worden. Darüber, in welcher Form dieser überlieferte Weg der Bön, also die Sichtweise und Praktiken dieser Tradition, als Teil der Dorje Tshomo Chime Tradition praktiziert wurden, werden möglicherweise die noch vorhandenen Fragmenten Aufschluss geben.

In Bezug zur Dorje Tshomo Chime Tradition und Vairochana Tradition wurde Tulku Dawa Lhamo berichtet, dass ein nicht unerheblicher Teil der tagtäglichen Praktiken mancher Familien an den Dorje Tshomo Chime Lokalitäten aus den Bön-Lehren entstammt. Auf die Frage, woher diese Praktiken überliefert seien, wurde ihr mitgeteilt, dass es die Praktiken seien, die Dorje Tshomo Chime ihnen vor langer Zeit gezeigt habe und die seitdem von dem Familienlinien weiter praktiziert worden sind. Generell wird diesen „Volksüberlieferungen" aber im Zusammenhang zu den buddhistischen Überlieferungen kein großes Gewicht beigemessen, es wird meist verschwiegen oder vergessen, darüber zu berichten. Diese Alltagspraktiken als eine Art Volksreligion jedoch beinhalten eine harmonische Verbindung dieser uralten Lehren, inklusive schamanistischer Praxisformen, Meditationen, Heilungsritualen und offenbar an manchen Orten auch noch Lehren Dorje Tshomo Chimes, die innerhalb der religiösen Gemeinschaften, die an sich dafür zuständig waren, nicht überlebt haben. Ein anderer Teil der Lehren Dorje Tshomo Chimes sind, da sie ja diverse Namen trug, als Teil der Neuen Bön Tradition weiter überliefert worden und sind dort auch noch bis heute erhalten.

Es gibt über die nachfolgend erwähnten Texte hinaus noch sehr viele weitere Texte, die erhalten, aber irgendwo in Tibet, Bhutan und Nepal verteilt und im Laufe der Zeit in Vergessenheit geraten sind. Auf sämtliche bereits wieder zusammengetragene Texte wird deshalb hier kein Bezug genommen, sondern ausschließlich auf die bis heute als lebendig überlieferten und als solche verifizierten Lehren. Es ist hier eine kurze Liste von Texten zu finden, die zeigen soll, dass es durchaus noch einen Praxisweg innerhalb dieser alten Tradition gibt. Diese Liste soll jedoch nicht als vollständige Darstellung der alleinig noch erhaltenen Texte angesehen werden.

Der Zyklus der Lama Kadü (tib. bla.ma.bka.adus.) Überlieferungen beinhaltet eine sehr ausführliche Praxis der acht Aspekte von Padmasambhava; besteht bisher aus vier Bänden Text (jeweils von ca. 200 bis 700 Seiten). Dieser Zyklus beinhaltet die vollständigen Instruktionen der aufbauenden und vollendenden Phasen, jeweils mit und ohne Formen.

Der Guru Dragpo (tib. gu.ru.drag.po.) Zyklus, die Praktiken des zornvollen Guru sind äußerst ausführlich in allen Aspekten überliefert.

Chenrezig Thugje Chenpo Ngänsong Künkyob (tib. thugs.rje.chen. po.ngan.song.kun.skyobs.) ist vollständig überliefert in mehreren Bänden.

Der Hung Kor Nying Thig (tib. hung.bskor.snying.thig.) ist bisher in zwei Bänden vorhanden und vollständig überliefert.

Dorling Yangphur (tib. yang.phur.), ein vollständiger Zyklus, der sich auf die Praxis von Vajrakilaya bezieht.

Der Zyklus der Kagyä Sangwa Yongdzog (tib. bka.rgyas.gsang. ba.yongs.rgdzogs.) ist bisher in zwei Bänden vollständig vorhanden.

Der Zyklus der „Sicht der großen Weite" (tib. lta.ba.long.yangs.) beinhaltet vier Bände in Bezug zu den Praktiken der Gottheiten des Bardo Mandalas inklusive diverser Anwendungen und ausführliche Praktiken der vollendenden Phasen mit und ohne Form, was nochmals drei Bände sind. Der Dzogchen Teil beinhaltet sämtliche Aspekte von Praktiken aller drei Klassen von Dzogchen Unterweisungen.

Der Zyklus des Dharmapala Gönpo Maning (tib. mgon.po.ma.ning.) ist mit allen Ebenen von Praktiken vollständig vorhanden.

Soweit ein kurzer Überblick über einige der noch überlieferten Lehren dieser Tradition. Weitere Details sind nur für diejenigen relevant, die sich diesem Weg gänzlich zu widmen wünschen.

Diese Tradition ist durch ihre Basis (Vairochana und Dorje Tshomo Chime) eine Lehre, die natürlicherweise oder innewohnend eine Rime (nicht-sektiererische) Sicht vertritt. Durch die Weite der überlieferten Lehren ist es seit dem Anbeginn dieser Tradition ein sehr ursprünglicher Ansatz. Die Tore und Schwerpunkte der möglichen und zu verfolgenden Richtungen sind somit zu allen darin überlieferten Seiten und Richtungen weit offen.

Hier sind daher einige Aspekte aufgeführt, die helfen sollen, sich gegebenenfalls in dem offenen Weg dieser Tradition wiederzufinden.

Die Tradition ist geeignet für begünstigte, reife Personen, die ohne Sektiererei, ohne Fanatismus, ohne Intoleranz und ohne Dogmatismus die Mittel dieser Lehre anwenden wollen. Personen sollen also angesprochen werden, die mit der nicht-sektiererischen Basis dieser Tradition natürlicherweise korrespondieren. Dieser Ansatz ist für Personen gedacht, die gleichzeitig einen traditionell fundierten, aber auch offenen Ansatz zur Praxis des Weges wünschen.

Dieser Ansatz ist auch für Personen geeignet, die sich sowohl von vielen Elementen der buddhistischen Lehren als auch der Bön-Lehren inklusive der schamanistischen Elementen angesprochen fühlen und für die es problematisch ist, sich für den einen oder anderen Weg entscheiden zu müssen und sich daher eine Lehre wünschen, in der alle Aspekte zugegen sind. Dazu gehören auch die Personen, die es schwer haben einzusehen, dass es sich bei den Lehren der Bön und buddhistischen Traditionen um zwei grundsätzlich verschiedene Lehren handeln soll.

Individualisten dürfen sich auch angesprochen fühlen, die nach einem offenen und toleranten und doch traditionellen Weg suchen, der ihnen die Tiefen eines yogischen Praxisweges eröffnen kann.

Weiterhin gedacht ist dieser Praxisweg für Personen, deren Interesse an der Lehre sich nicht auf den Monastizismus in der Form der großen Einrichtungen bezieht, die also von ihrem Wesen her nicht monastisch sind. Wer sich von einem Klosterleben als Mönch oder Nonne als Basis seines Praxisweges nicht sonderlich angezogen fühlt, sondern eher Interesse hat, Ngagmo oder Ngagpa zu werden, kann dies in dieser Tradition leben. In diesem Sinne sind Individuen für diesen Weg begünstigt, die sich nicht unbedingt in der Gegenwart und Dominanz eines Klerus, welcher Art auch immer, verstanden oder wohl aufgehoben fühlen, die also nicht-klerikal sind.

Dieser Ansatz legte Wert darauf, die mystische Bedeutung dieses Praxisweges hervorzuheben. Mystik ist ein Begriff, den es in der tibetischen Sprache nicht gibt. Daher wird er hier insbesondere für im Westen Geborene gebraucht, für die er sehr wohl eine Bedeutung impliziert. In der tibetischen Sprache gibt es nur den Begriff „Geheim" (tib. gsang.ba.), der auch diese Bedeutung - mystisch - beinhaltet. Mystik oder mystische Erfahrungen im westlichen Sinne bezeichnet das, was die Normalität eines jeden Praktizierenden dieser Tradition ist, so die Praktiken korrekt angewandt wurden und ihre Wirkung entfaltet haben. Mystik wird daher unter dem Begriff meditativer Erfahrung oder Zeichen beschrieben, wozu man in der tibetischen Sprache Begriffe wie z.B. Nyam (tib. nyams.) und Tag (tib. rtags.) verwendet - „Erfahrungen und Zeichen". Diese entwickeln sich im Laufe weiter fortschreitender Praxis bis hin zu Togpa (tib. rtogs.pa.), Erkenntnis oder Realisation, wobei die zuvor gemachten Zeichen und Erfahrungen zur stabilen Basis oder Grundlage des eigenen Weges sich entwickelt haben. Daher ist ein Mystiker jemand, der über stabilisierte Erfahrungen jenseits der Koordinaten konventioneller Wahrnehmung der Sinne verfügt. Eine mystische Erfahrung hat eine dementsprechende Bedeutung.

Die Bedeutung von Mystik in diesem Sinne beschreibt also das Verlangen nach spirituellen Tiefenerfahrungen, das Verlangen nach dem, was jenseits des Sichtbaren liegt. Auch bezieht es sich auf den Wunsch, direkt Religion zu erfahren, im Gegensatz zur theoretischen Religion, die aus leeren Glaubenssätzen und Dogmen besteht.

Da diese Lehre zeitloses Wissen ist, benötigt sie keine Veränderung an modernen Umstände, sondern kann so, wie sie überliefert wurde, auch angewandt werden. Bei der Stufenfolge dieses Weges, der Anwendung der darin überlieferten Lehren und Praxisformen wird daher die überlieferte Form eingehalten, soweit Material dazu verfügbar ist. Wie das jedoch genau überliefert wurde, wird sich erst zeigen können, wenn alles noch auffindbares Material ausgewertet worden ist.

Generell ist zuerst ein theoretisches Studium relevanter Texte erforderlich, anschließend beginnt die Praxis.

Die überlieferte buddhistische Lehre wird eingeteilt in:

- Hinayana oder Theravada, was als „Kleines Fahrzeug" oder „Ältere Schule" übersetzt wird und die äußere Form der Lehre beinhaltet.

- Mahayana, was als „Großes Fahrzeug" übersetzt wird und die innere Form der Lehre beinhaltet.

- Vajrayana oder Mantrayana, was als „Diamant-Fahrzeug" oder als „Mantra-Fahrzeug" übersetzt wird und die geheime Lehre beinhaltet.

Hinayana und Mahayana bezeichnen das Ursachen-Fahrzeug der Merkmale und Vajrayana oder geheimes Mantrayana bezeichnen das Fruchtfahrzeug.

Das Ursachen-Fahrzeug der Merkmale besteht aus dem äußeren Hinayana, was zum Inhalt hat, es aufzugeben, den anderen Menschen zu schaden und dem inneren Mahayana, was zum Inhalt hat, den anderen Menschen zu helfen.

Bei den äußeren Lehren versucht man den Kontakt zu den Bedingungen und Ursachen der Verwirrung zu vermeiden, im geheimen Mantrayana hingegen verwendet man die Kraft der „Probleme", um diese zu transformieren und dadurch befähigt wird zu helfen und schließlich zu dem zu werden, was man immer schon war, ein erwachter Buddha. Die äußere Lehre vermeidet das „Gift" und die geheime Lehre verwendet es; es heißt, je nach Kapazität, je mehr Gift oder Verdunklung, desto mehr Erkenntnis und Kraft um anderen Menschen zu helfen. Das ist wahrlich mystisch.

Ngagmo und Ngagpa

Normalerweise wird innerhalb der buddhistisch-tantrischen Tradition unterteilt zwischen der ordinierten Gemeinschaft (tib. mdo.bai.sde.), die die typische orange-rote Kleidung tragen, und der langhaarigen, weiß tragenden Gemeinschaft (tib. gos. dkar.cang.lo.can.). Diese Unterteilung ist essentieller Bestandteil der tibetisch-buddhistischen Lehre seit Anbeginn. Diese Einteilung und dieser Begriff beziehen sich auf eine von Padmasambhava in Tibet in dieser Art und Weise eingeführten Form der Lehre, die wiederum auf der indischen Tradition des Mahasiddha[62] beruht. Padmasambhava gab diese Lehre insbesondere seinen 25 Hauptschülerinnen und Hauptschülern, die wiederum als Quelle für alle zukünftigen Formen der Nyingma Tradition in Tibet zu sehen sind. Verbreitung findet diese Tradition bis zum heutigen Tage hauptsächlich in der Tradition der Nyingmapa, der ersten in Tibet verbreiteten Tradition des tantrischen Buddhismus; daher der Name „Nyingmapa", die ältere Tradition. In den anderen, „neueren", in tibetischer Sprache als „Sarma" bezeichneten tibetischen Traditionen sind sie auch vorhanden, doch gibt es dort diverse Unterschiede zur ursprünglicheren Ngagpa-Tradition der Nyingmapa.

Die ordinierte Gemeinschaft besteht aus Mönchen und Nonnen, die mit dieser äußeren Form den buddhistisch-tantrischen Praxisweg begehen. In Bezug zu den heute ausgeführten Praktiken sind diese beiden Gemeinschaften nicht unterschiedlich; der Praxisweg als Mönch oder Nonne gilt jedoch als einfacher zu handhaben. Die äußere Form bezieht sich auf die Lehren des Fahrzeugs der Merkmale, des Sutrayana. Nicht zuletzt gilt der Weg als Mönch oder Nonne auch deshalb als einfacher, weil sich diese Form auf äußerlich einzuhaltende Gelübde bezieht, und die Form der weißen Tradition sich auf die Lehren des geheimen Mantrayana bezieht, also auf Versprechen (Samayas), die direkt mit den tantrischen Einweihungen in Verbindung stehen. Es wird gelehrt, dass diese schwer zu halten sind und die Gefahren dieses Weges größere sind, weshalb weniger offen über diese Option des buddhistisch-tantrischen Praxisweges gelehrt wird. Wenn jedoch ein reiner Samaya dem Praxisweg eines Ngagpas oder einer Ngagmo zugrunde liegt, dann ist eine solcher Weg leicht und sehr schnell.

---

62 Ein sehr hoher indische Meister des Tantras mit paranormalen Fähigkeiten

Die weiße Gemeinschaft, obgleich noch existent, ist heute nicht mehr so stark verbreitet. Sowohl die weiße Tradition der Ngagmos und Ngagpas als auch die Tradition der als Mönche oder Nonnen ordinierten Gemeinschaft sollten daher als Bestandteile der buddhistisch-tantrischen Lehre Tibets verstanden werden. Für Mönche und Nonnen sind die roten Roben obligatorischer Bestandteil ihrer zu haltenden Versprechen. Das Tragen ihrer Roben ist notwendig zur Einhaltung ihre Versprechen. Für eine Ngagmo oder einen Ngagpa ist das nicht genauso. Sie müssen nicht unbedingt ständig weiße Roben tragen oder ihre Haare lang halten. Je nach Art der individuellen Unterweisungen und Spezialitäten der jeweiligen Tradition gibt es dort große Unterschiede. Viele praktizieren ihre tiefen Unterweisungen ohne irgendein sichtbares Zeichen, so dass sie heute sogar teilweise ihre Haare kurz tragen, oder auch - sehr häufig - rote Roben tragen. Die traditionell üblichen Formen sind hier jedoch nur äußerst kurz beschrieben und können daher nicht alle wesentlichen Unterschiede beinhalten.

Beiden Gemeinschaften jedoch liegt die gleiche buddhistische Lehre zugrunde, nur die Form der Ausführung unterscheidet sich. Gemeinsam beinhalten alle Lehren die Entwicklung der Sichtweise zu diesem Praxisweg, den Kreislauf von Verwirrung oder Unwissenheit zu verlassen, und eine auf Altruismus beruhende Grundmotivation.

Mönch oder Nonne kann man auch ohne viel Retreat-Praxis werden, Ngagmo oder Ngagpa aber wohl kaum. Ngagmos oder Ngagpas sind also Lamas, die durch ihr Training und ihr Karma diese Form zum Ausdruck bringen, um ihrer Praxis und allen Wesen zu helfen. Zur Ngagmo oder zum Ngagpa kann man also nur werden, neben Einhaltung seiner Samayas, durch sehr viel und intensive Praxis der verschiedenen Stufen des tantrischen Weges. Abweichend von der als Mönch oder Nonne ordinierten Gemeinschaft kann eine Ngagmo oder ein Ngagpa einen Gefährten oder eine Gefährtin nehmen und sogar eine Familie haben. Die Praktiken selbst sind sowohl für Mönche und Nonnen, als auch für Ngagpas und Ngagmos weitgehend gleich; die beiden Ansätze unterscheiden sich jedoch in der Art und Weise, wie sie angewendet werden.

Die Reputation von Ngagmos und Ngagpas unter Tibetern selbst ist unterschiedlich; viele mögen sie gerade wegen ihrer häufig sehr segensreichen Aktivität, aber ebenso viele sagen, sie seien schlecht und ziehen wohl den monastischen Aspekt der Lamas vor. Auch vertreten viele

Tibeter die Ansicht, dass Ngagmos und Ngagpas grundsätzlich „dunkle" Praktiken ausführen und die buddhistische Lehre nicht so rein praktizieren.

Die Geschichte der buddhistischen Lehre jedoch zeigt die anscheinend untrennbaren Gemeinsamkeiten dieser beiden Gemeinschaften seit dem Beginn der Lehre vor rund 2400 Jahren.

Traditionell nahmen und nehmen in Tibet Ngagmos und Ngagpas unter anderem Aufgaben wahr, die auch von Schamanen oder Bön-Priestern ausgeführt werden. Man sucht dazu einen Lama der eigenen Wahl auf, verneigt sich, übergibt einen Kata[63], überreicht ein Geschenk und bringt sein Anliegen vor. Man trägt sein Problem vor oder bittet konkret um die Ausführung bestimmter Rituale. Schnell lässt sich aus einer solchen Konversation sehen, ob die Ngagmo oder der Ngagpa übereinstimmt oder nicht so unbedingt, denn eine direkte Ablehnung eines Anliegens wird in dieser Kultur nicht explizit verbalisiert. Meist jedoch wird jedes Anliegen akzeptiert und es wird vereinbart, in welchem Umfang und wann es ausgeführt wird.

Als Halter der Lehre waren und sind sie auch mit den gleichen Aufgaben betraut wie die Lamas der ordinierten Gemeinschaften, nur dass sie stärker aus dem Rahmen ihrer Clan-Gemeinschaften oder ihrer Familien aktiv werden. Sie werden aufgesucht und gebeten, um in erster Linie spezielle Rituale für verschiedenste Zwecke auszuführen, die traditionell nicht von ordinierten Lamas ausgeführt werden. Generell sucht man die Ngagmo oder den Ngagpa auf, um zum Beispiel Dinge wiederzufinden, die man verloren hat oder die gestohlen wurden oder um in die Zukunft zu sehen. Sie werden damit beauftragt, Verstorbenen die letzte Ehre zu erweisen, um sie so durch den Nachtodzustand zu begleiten. Auch werden sie gebeten, Dämonen zu vertreiben, Regen zu machen, Hagel abzuwehren oder diverse magische Praktiken und Rituale auszuführen, die man als medizinische Behandlung sehen würde. Wem danach ist, um die Ausführung kraftvoller oder mächtiger Rituale zu bitten, der geht zu einer Ngagmo oder einem Ngagpa.

Ein wesentlicher Teil der ursprünglichen Ngagmo- und Ngagpa-Tradition, gemäß ihrer indischen Quellen, findet ihren Ausdruck in allen Aspekten von Friedhofssituationen. In Bezug zu den Lebensgeschichten der 84 Mahasiddhas und der gesamten damit assoziierten Tradition finden

---

63 Weißer Ritual-Schal

sich sehr häufig Hinweise auf die Umstände, unter denen ein zukünftiger Siddha zu dem geworden ist, was er zu werden sich entschloss. Friedhöfe in Indien und Nepal waren und sind furchteinflößende Lokalitäten, die von normalen Menschen gemieden wurden und werden. Leichen wurden dort einfach abgelegt und ihrem Verwesungsprozess, also sich selbst überlassen. Natürlicherweise waren daher stets auf Friedhöfen auch wilde Tiere und reichlich unappetitliche Situationen anzutreffen. Genau deshalb waren auf diesen Lokalitäten Praktizierende einiger buddhistischen und hinduistischen Traditionen anzutreffen. Äußerlich schlecht voneinander zu unterscheiden aßen viele ihre Nahrung nur noch aus menschlichen Schädeln, beschmierten ihre Körper mit der Asche verbrannter Leichen, trugen Ornamente aus menschlichen Knochen oder praktizierten gar sitzend auf Leichen. Manche schlafen sogar bis zum heutigen Tage auf einem Bett aus Totenschädeln.

Für viele praktizierende Anhänger der buddhistischen Traditionen gilt bis heute die Praxis auf 108 Friedhöfen dieses Kulturkreises als eine wichtige Überprüfung ihrer Erkenntnis und Praxisfähigkeit. Das gilt insbesondere für die Praktizierenden der sogenannten Chö (gcod.) Traditionen, der Traditionen des Durchschneidens.

Die Wurzeln der tantrischen Traditionen sind untrennbar mit Friedhöfen und ihrer Bedeutung assoziiert. Friedhofssituationen beinhalten oder symbolisieren Transformation, also Situationen, wo Verlust von Angehörigen, große Trauer oder Verlust im Allgemeinen vordergründig zugegen waren. Dort konnte man dann auf seinen Guru, seinen Lama und den Weg treffen. Es drängt sich sogar die Sichtweise auf, dass ohne die Erfahrung und Gegenwart von Tod und Transformation es keine Option gibt, auf den Guru und den Weg der Lehre zu treffen.

Auch gibt es viel schriftliche, traditionell belegbare Quellen, die zeigen, dass genau diese transformativen Situationen die sind, wodurch eine tiefe spirituelle Verbindung zwischen Guru und Schüler lebendig werden konnte, wodurch ein Versprechen, ein Samaya ausreichender Tiefe im Herzen entstehen konnte. Denn ein Samaya sollte im besten Fall größer sein als das eigene Leben. All diese Dinge sind belegbar im Kanon der buddhistisch-tantrischen Traditionen, und insbesondere der Lebensgeschichten der indischen Siddhas und Mahasiddhas und ihrer tibetischen Entsprechungen.

Des weiteren gibt es noch eine weitere Referenz zu Friedhöfen und die betrifft Feste, genauer sogenannte tantrische Feste, genannt Ganachakras. Abgeschieden von der normalen Gesellschaft trafen sich Tantrikas, also Yogis und Yoginis, um dort ihre freudvollen und furchteinflößenden Feste zu feiern. Auf der Grundlage ihrer jeweiligen spirituellen Praktiken der Tantras praktizierten, sangen und feierten sie an bestimmten Tagen des lunaren Jahres zusammen und brachten damit ihren tiefen Respekt gegenüber ihren jeweiligen Lehren zum Ausdruck. Sofern den vieldeutigen Beschreibungen tantrischer Texte auch nur annähernde Authentizität beigemessen werden sollte, muss es dort sehr „extrem" zugegangen sein.

Es floss Alkohol im Übermaß und äußerst viel fleischliche Nahrung wurde dabei konsumiert, um die Freuden der Sinne auf den Weg zu bringen. Man könnte fast sagen, dass ihr Fest eher an eine Orgie erinnerte als an eine geregelte Party im heutigen westlichen Sinne.

Diese Friedhofsulte sind wohl eher „nur" historisch zu verstehen und in den tantrischen Praktiken der heutigen Zeit in dieser Form sicherlich kaum noch anzutreffen. Sollte es sie dennoch geben, wird sich aber wohl niemand trauen darüber zu berichten.

Jedoch zu glauben oder zu unterstellen, dass die tantrische Tradition der Ngagmos und Ngagpas daher nur aus Alkohol und Sex bestünde, wäre ein grobe Verunglimpfung. Leider jedoch sind bis heute viele Laien und Anhänger der ausschließlich monastischen Gemeinschaften dieser irrigen Ansicht.

Rituale in der tibetischen Tradition

Für religiöse Praktiken an relevanten und speziellen Tagen werden je nach Tradition, Kloster und Gemeinschaft regelmäßig gemeinsame Rituale (tib. cho.ga., skt. puja) ausgeführt. Dazu werden die Jahre und Monate kalkuliert in den Konstellationen des Mondkalenders. So werden jeweils an bestimmten Tagen des Mondmonats regelmäßig bestimmte Rituale abgehalten.

Es sind in den jeweiligen Klöstern und anderen Gruppierungen meistens die gleichen, wiederkehrenden Praktiken, die dann stellvertretend für die jeweilige Tradition ausgeführt werden.

Generell heißt es, dass der 8. Tag assoziiert wird mit Tara oder Buddha Shakyamuni, der 10. Tag mit Padmasambhava, der 15. Tag ist der Vollmondtag, an dem meist eine der Hauptpraktiken der jeweiligen Richtung ausgeführt wird, häufig ein Ritual des jeweiligen Hauptyidams und der 25. Tag ist der sogenannte Khandroma-Tag, an dem entsprechende Khandroma-Praktiken rezitiert werden.

In ähnlich ausführlicher Form werden die auf ein Mondjahr verteilten Rituale des Jahres ausgeführt.

Erschöpfend ist diese Auflistung nicht, sondern sie soll nur einen generellen Eindruck geben von den allgemein üblichen Zeiten für Rituale; es bleibt darauf hinzuweisen, dass je nach Tradition und Transmission diese zeitlichen Abfolgen unterschiedlich gehandhabt werden.

Zur Ausführung von Kloster-Ritualen braucht es üblicherweise einen Schreinraum, der das Zentrum eines jeden Klosters darstellt, sowie Mönche und andere Mitglieder der Sangha. Je größer ein Kloster ist, desto mehr Mönche sind in die Rituale involviert, desto mehr und ausführliche Musik wird zelebriert und Größe demonstriert. Zu den regelmäßigen Veranstaltungen im Laufe eines Monats sind generell nicht immer die ranghöchsten Lamas des Klosters anwesend, bei speziellen Gelegenheiten schon eher, denn ihre Verpflichtungen sind ebenso komplex wie die eines westlichen Managers. Es gilt generell, dass die Größe eines Klosters den Aufwand und die Ausführlichkeit der Rituale festlegt. Bei den Ritualen gibt es dann einen Vorsänger, der die Intonation der Gesänge und den Ablauf des Rituals dirigiert, es gibt Mönche oder Lamas, die mit Becken den Takt der Rezitationen bestimmen, Trommler, die den Rhythmus bestimmen und den Becken folgen sowie diverse andere Instrumente, die je nach Ritual eingesetzt werden. Die Musik gilt als Darbringung, ebenso wie die während des Rituals vorzustellenden Visualisierungen, sie soll auch Ehrfurcht gebieten und Größe demonstrieren. Die Musik und der Ablauf sind je nach Ritual und Tradition unterschiedlich; darin zeigen sich auch die diversen Unterschiede zwischen den Traditionen - eben in der Art der Rezitation und der Rituale.

Abgesehen von den klosterüblichen Ritualabläufen gibt es auch für Anhänger, die eng mit einem Kloster assoziiert sind, die Möglichkeit, Rituale zu verschiedenen Zwecken zu erbitten. Einfache Anhänger werden kaum die Mittel haben, die ganze Audienz eines Klosters zur Ausführung eines Rituals zu bitten, weshalb häufig einzelne Lamas oder Mönche eines Klosters in die eigenen privaten Räume zu rituellen Zwecken gebeten werden. Allgemein wird gebeten um Rituale zur Unterstützung im Beruf, bei Geschäften, beim Hausbau oder Hauseinweihungen, bei Krankheiten, Unfällen, Tod, Geburt und so fort, eben bei allen Ereignissen des Lebens, bei denen man spirituelle Unterstützung dieser Art erbitten möchte.

In den meisten Fällen laufen Rituale in dieser Form ab, selbst innerhalb der weißen Gemeinschaft. Die Vorgehensweise von Ngagmos und Ngagpas in diesem Zusammenhang ist der Allgemeinheit kaum noch bekannt. Meist spricht man nur noch generell über sie, sowie auch sie über sich selbst, denn alle wollen heutzutage nur noch dem Mainstream gemäß anerkannt sein.

Um als Frau buddhistische Rituale generell auszuführen, braucht es die entsprechende Transmission. Man muss dazu die Lehre von einer Lama oder einem Lama erbeten und erhalten haben, die sie oder er selbst wiederum irgendwann in ihrer oder seiner Lebenszeit erhalten hat. Keine Lehre wird ohne lebendige Transmission in der buddhistisch-tantrischen Tradition ausgeführt, wozu auch die vielfältigsten Traditionen der wiederentdeckten Schätze, der Termas (tib. gter.ma.) zählen. Damit diese Rituale sinnvoll und nutzbringend für Teilnehmerinnen sind, braucht es eine entsprechende Qualifikation der Lama; je mehr sie praktiziert hat, je höher die Qualifikation entwickelt ist, desto besser. Diese Qualifikation wird in der Tradition als Segen bezeichnet; je nach Größe der Sicht und Erkenntnis, je nachdem wie groß die Kraft des von einer Lama praktizierten Yidams und Mantras ist, dementsprechend groß der Segen und der Nutzen für Andere. Darüber hinaus ist von Relevanz, zu welcher Lehre im Speziellen eine Lama den größten Bezug hat, wodurch sich meist die Größe des Segens ergibt. In Gesprächen, die Tulku Dawa Lhamo mit einigen Ngagmos geführt hatte, wurde auch klar verbalisiert, dass es Mantras und Praktiken gibt, die nur von Ngagmos ausgeführt werden können, nicht aber von generellen Lamas der ordinierten Sangha.

Der wichtigste Punkt für Teilnehmerinnen an Ritualen ist, dass die wahrgenommene Kraft, der Segen und die Erfahrung, die man während eines solchen Rituals macht, als hilfreich empfunden wird.

In dieser Zeit der Abwesenheit von individuell förderlicher mystischer Einflussnahme, bedingt durch die grundlegende Motivation von Mitgefühl allen Wesen gegenüber, wird - soweit sinnvoll - interessiertem Publikum Einblick in den Nutzen dieser tiefen, geheimen Tradition gewährt. Dazu werden von Tulku Dawa Lhamo in unregelmäßigen Zeitabständen verschiedene Rituale dieser Tradition abgehalten, in denen rituelle Texte und Mantras zur Entsorgung von Hindernissen, zur Heilung, und zur segensreichen Unterstützung - als „Invisible Touch" rezitiert werden.

Diese Rituale sind keine medizinische Behandlung im gesetzlichen Sinne, sind aber medizinische Behandlung im religiösen Kontext der buddhistischen Lehre. Diese Rituale verstehen sich nicht als irgendeine naturwissenschaftlich legitimierte Maßnahme, denn es sind spirituelle Ausdrucksformen dieser Lehre. Sie werden als geschickte Mittel angesehen, die Freiheit und Mitgefühl gewähren. Es sind keine Einführungen oder Ermächtigungen in den Praxisweg der buddhistischen Lehre.

Die Teilnahme beinhaltet in keinster Weise irgendein verbindliches spirituelles Versprechen für die Teilnehmerinnen, sondern braucht nur eine positive und respektvolle Haltung gegenüber Tulku Dawa Lhamo und der von ihr praktizierten Lehre. Was hierzulande nicht immer bekannt ist, dass die Natur dieser alten Tradition ausschließt, welcher Form auch immer, Personen zu diesem geheimen Praxisweg zu konvertieren und Anhängerinnen zu rekrutieren, daher kann jede Art von Mission ausgeschlossen werden. Diese Veranstaltungen sind ausschließlich dazu da, in Zeiten vieler ausweglos erscheinender Bedingungen äußerer und innerer Natur Optionen anzubieten.

Während des Rituals können gesegnete Substanzen entgegen-genommen werden, aber niemand ist dazu verpflichtet. Diese Substanzen sind keine Medizin im definierten Sinne, sondern eben „nur" gesegnete Substanzen. Diese werden nicht verkauft, sondern nur auf ausdrücklichen Wunsch weitergegeben. Denen, die diese Hilfe brauchen, wird sie gewährt. Andere haben keinen Bedarf für spirituelle Unterstützung und Substanzen dieser Art.

Bereits vor dem Beginn des traditionellen Trainings in den buddhisti-schen Traditionen begann Tulku Dawa Lhamo ein Studium der Indologie, die sie in die altindische Sprache des Sanskrit und in das moderne Indisch, also Hindi einführte. Danach begann sie mit dem lebendigen Studium der klassischen und modernen tibetischen Sprachen, um für diesen Praxisweg das notwendige Werkzeug zu erlernen.

Inspiriert zu diesem Weg wurde Tulku Dawa Lhamo durch einen sehr frühen Kontakt zu Ngagmos in Tso Pema, einem für Buddhistinnen heiligen See in Nordindien. Seitdem hat sie unternommen, was möglich war, um auch dem Weg der Ngagmos zu folgen.

Dazu studierte sie wesentliche Schriften des Mahayana und Vajrayana Kanons, das Bodhicharyavatara, Mahayana Uttaratantrashastra, Zabmo Nang Dön (einer Karma Kagyü Entsprechung des Guhyagarbha der Nyingma Tradition) sowie diverse Kommentare zu den vielzähligen von ihr ausgeführten Praktiken.

Obwohl sie täglich mit diesen Sprachen zu tun hat, versteht und betätigt sie sich nicht als Übersetzerin, sondern einfach als tibetisch sprechende Praktizierende.

Ihr Praxisweg führte sie durch verschiedene tibetisch-buddhistische Traditionen wie die Karma Kagyü Tradition und Drikung Kagyü Tradition, bis sie ihre Bestimmung in der Nyingma-Tradition finden konnte.

Die Karma Kagyü Tradition ist für Praktizierende, die wirklich Mantra und Dzogchen praktizieren wollen, weniger geeignet, sondern eher für Anfänger. Die Formen in dieser Tradition haben einen sehr stark kleri-kalen Charakter, der in weiten Zügen eher an den Katholizismus erinnert, nicht aber an die Formen der alten Mahasiddha-Tradition Indiens, auf die sich diese Tradition zu beziehen behauptet. Dies mag jedoch nicht auf die originären Lehren von Chögyam Trungpa zutreffen.

Tulku Dawa Lhamo ging in großer Ausführlichkeit durch die vorbereitenden Praktiken dieser Tradition, bis hin zu den Transmissionen der Praktiken der sechs Yogas von Naropa, um schließlich nach gehaltvolleren Lehren in anderen Kagyü Traditionen zu suchen.

Die Drikung Kagyü Tradition besitzt trotz aller Verfolgung in Tibet noch immer einen wahren Schatz an tiefen Überlieferungen, die in der Karma Kagyü Tradition leider nicht verfügbar zu sein scheinen. Diese Überlieferungen beinhalten die wahren Schlüssel zu den Kagyü Lehren. Obgleich sie die Transmissionen aus diesen beiden Traditionen besitzt, werden sie nicht von Tulku Dawa Lhamo unterrichtet.

In der Hauptsache bezieht sich Tulku Dawa Lhamo auf den Segen ihres Root Lamas, Dilgo Khyentse Rinpoche, der ohne viele Worte ihr den Weg wies. Obgleich bereits viele Jahre vergangen sind, seit dem er nicht mehr physisch zugegen ist, bleibt er stets die Quelle allen Segens. Des weiteren empfing Tulku Dawa Lhamo auch Transmissionen von Penor Rinpoche, Trulshik Rinpoche, Tulku Rigdzin Pema Rinpoche[64], Dhagpo Tulku[65] und Tulku Thubten[66].

Ihre Praxis und Autorisierung bezieht sich auf die Jangter (tib. byang.gter.), die „Nördlichen Schätze"-Transmissionen und die Tersar (tib. gter.gsar.) „Neuen Schätze"-Transmissionen. Spezialisiert hat sie sich auf ältere Praktiken, die nicht dem generellen Mainstream entstammen, wozu diverse Transmissionen aus dem Rinchen Terdzö gehören. Im Speziellen sind die Praktiken assoziiert mit Aspekten aus den Tantras von Vajrapani[67], Hayagriva[68] und Yamantaka[69] sowie aus diversen Praktiken aus den Schätzen Miphams, aus der Sammlung von Dharanis (tib. gzungs-.adus.) sowie direkt aus den Sammlungen der Lehrreden Buddha Shakyamunis und deren Kommentaren, den Textsammlungen Kangyur (tib. bka.agyur.) und Tengyur (bstan.agyur.). Der Schwerpunkt liegt in der Anwendung von Mantras und Ritualen zur Heilung und zur Entsorgung nicht-förderlicher Umstände.

Die Autorisierung von Tulku Dawa Lhamo beinhaltet, viele Schülerinnen anzunehmen, um Unglück (Kriege, Naturkatastrophen, Epidemien)

---

64 Ein bedeutender Meister der Nyingma Tradition, *1948
65 Ein junger Meister der Nyingma Tradition, *1987
66 Ein junger Meister der Nyingma Tradition, *1968
67 Einer der acht großen Bodhisattvas, Herr der Geheimnisse
68 Einer der acht großen Heruka-Gottheiten
69 Einer der acht großen Heruka-Gottheiten

in der Welt abzuwehren. Voraussetzung dafür ist, dass diejenigen zusammenfinden, die eine positive Verbindung zur buddhistisch-tantrischen Ngagmo-Tradition und die Kapazität besitzen, um mit den Mitteln der Lehre auf die drohenden und gegenwärtigen Katastrophen korrigierend einzuwirken.

Schon in den Anfangsphasen ihrer traditionellen Ausbildung zeigten sich bei Tulku Dawa Lhamo während längerer Retreats in Asien und Europa als Nebeneffekt intensiver Praktiken heilende Fähigkeiten, die für sie eine intensive Beschäftigung mit ganzheitlichen Inhalten notwendig machten. Nach ihrer Rückkehr nach Frankreich spezialisierte sie sich aufgrund ihres spirituellen Trainings auf asiatische Heilmethoden, insbesondere auf chinesische und tibetische Methoden und Kräuterheilkunde. Sie beschäftigte sich mit verschiedenen Gebieten der Geistheilung auf der Grundlage ihrer eigenen Praxis. Schon damals basierten die Erfolge ihrer Fähigkeiten auf ihre intensiven täglichen Praktiken der buddhistisch-tantrischen Lehre und regelmäßigen Retreats.

Ihr Wissen und ihren Erfahrungsschatz stellt sie Interessierten in öffentlichen Seminaren zur Verfügung und lehrt darüber hinaus ein von ihr entwickeltes ganzheitliches und kreatives Trainingssystem. Durch ihre westliche Herkunft ist sie eine der wenigen Mittlerinnen zwischen Ost und West auf diesem Gebiet.

Hat man einige Rituale und generelle Einführungen von Tulku Dawa Lhamo erlebt, fühlt sich inspiriert und wünscht nun tiefere Einblicke zu erhalten, mehr zu erfahren und zu erleben, dann hat man die erste Voraussetzung für einen möglichen spirituellen Weg auf der Grundlage der Unterweisungen dieser Tulku und ihrer Tradition.

Für Wesen mit einem entsprechenden „Schicksal" und einer positiven Verbindung zur Meisterin und Tradition mag es Optionen geben, diesen mystischen Weg gemäß der Tradition beschreiten zu dürfen. Persönliches Gespräch und Vorbereitung sind dazu unerlässlich. Jede, die von Herzen nach dieser Lehre sucht und um Anweisungen bittet, wird gemäß ihrer Kapazität instruiert.

Zu Beginn dieses Prozesses macht man also eine Erfahrung; eine Erfahrung, ob man sich von „Etwas" und in entsprechender Art und Weise angesprochen und angezogen fühlt, die in Übereinstimmung zu den eigenen Bedürfnissen ist.

Traditionell würde man diese Erfahrung als „Segen" bezeichnen; man fühlt sich berührt auf eine nicht-sichtbare Art, man wird vom „Invisible Touch" erreicht. So bleibt es also „nur" eine Frage des Gefühls; über Gefühle ist aber generell bekannt, dass sie sich stets ändern. Diese kurzzeitigen Gefühle jedoch sind nicht damit gemeint, sondern eben tiefere Gefühle.

Wesen, die eher sich nach Gefühlen sehnen, für die es kaum Worte gibt, Personen, die häufig als melancholisch, auch vielleicht depressiv oder als tiefsinnig bezeichnet werden, sind nach der Auffassung von Tulku Dawa Lhamo begünstigt für einen mystischen Weg.

Wer sich mit seiner Melancholie und Trauer eher in der Nacht zu Hause und sicher fühlt, wer eher im Mondlicht seine Gefühle und Bilder wiederfindet, hat eine weitere Voraussetzung für diesen mystischen Weg.

Für Wesen mit Tiefe, die sich mit dem Tod aus existentieller Sicht beschäftigen und sich nicht von gängig vertretenen Ideologien davon ablenken lassen, in sich selbst nach dem „Göttlichen" suchen zu wollen, haben gute Bedingungen, um ihren Weg gemeinsam mit Tulku Dawa Lhamo beschreiten zu können.

Trauer auf der einen und Leidenschaft auf der anderen Seite sind die für diesen Weg notwendigen Elemente, die von Tulku Dawa Lhamo als die morbide oder schattige Sicht der Dinge oder als schattige und morbide Schönheit bezeichnet werden.

Diese Begriffe „morbide und schattig" werden gebraucht, um melancholische oder auch zur Depression neigende Geisteszustände mancher Wesen zu beschreiben, bei denen Tod und Jenseits sowie die anderen hier erwähnten Themen wichtig sind.

Sind diese Aspekte des Lebens und Erlebens noch gepaart mit einem Geist, der solange fragt, bis er wirkliche Antworten erhält oder erfährt, dann steht einem dauerhaften spirituellen Weg zur Freude und der Erkenntnis nichts mehr im Wege.

Weniger geeignet für einen mystischen Weg im Allgemeinen und insbesondere nicht für den Weg als Ngagmo scheinen für Tulku Dawa Lhamo diese Wesen, in deren Leben „alles" in Ordnung zu sein scheint. Wer mit den Perspektiven seines Lebens zufrieden ist, hat kaum Bedarf für eine tiefere Sicht der Dinge.

Die Frage nach dem „Wofür" und „Was wird aus mir" sind aber die Fragen, die meist unterdrückt werden, um einer existentiellen Beschäftigung mit dem eigenen Leben entgegenzuwirken. Daher werden frühzeitig diese Fragen nach den Perspektiven des Lebens unterdrückt, sind unerwünscht und werden durch gesellschaftliche oder „religiöse" Konventionen zunichte gemacht.

Die Abwesenheit von lohnenswerten Perspektiven ist eine wesentliche Voraussetzung für diesen spirituellen Weg. Traditionell ausgedrückt ist das auch genau das an anderer Stelle erwähnte Symbol des Friedhofs, diese morbide Grundhaltung, die einem Wesen den Weg zu dem Tor in die mystischen Bereiche weisen kann.

Aus diesen Gründen können gerade auch die Wesen einen mystischen Weg finden, bei denen zuerst alles in Ordnung war, die aber dann vom Schicksal ereilt wurden und vielleicht ihre Familie verloren haben. Das ist sicherlich nicht schön und wird generell als Schicksalsschlag dargestellt, kann aber aus anderer Sicht auch als eine Gunst des Schicksals gesehen werden.

Ohne die Erfahrungen von Verlust, Trauer, Krankheit und Tod auf der einen und Unzufriedenheit und Intelligenz auf der anderen Seite scheint ein mystischer Weg unmöglich. Das sind genau die Aspekte, die traditionell an der Basis der buddhistischen Lehre zu finden sind und als die Wahrheit des Leidens gelehrt werden.

Auch mag es für einige talentierte, begünstigte Wesen ein wichtiges Thema sein, sich zu wünschen, einen Weg zu finden und beschreiten zu dürfen, ähnlich der Sagen, Legenden oder auch „moderneren" Fantasiegeschichten, um auf die Missstände in der Welt mit mystischen Mitteln einwirken zu können - Mystik und Magie statt Maschinengewehr. Wer diese Anlagen auf der Grundlage einer reinen Motivation lernen möchte zu entfalten, kann sich auf diesem Weg ganz in Sinne der alten Welt entwickeln, um dazu fähig zu werden. Zusammen mit der Sangha, also den mit eingeweihten tantrischen Vajra-Geschwistern, geschult von ihrer gemeinsamen Meisterin, kann weltliche Macht entstehen, die auf mystische Weise eingreift und verändert.

Begünstigte Wesen, die nicht einfach mitansehen wollen, wie die Welt durch die gegenwärtigen Exzesse und Disharmonien der Elemente der Natur zerstört wird, sondern den Wunsch in sich tragen, selbst etwas gegen diese zerstörerischen Tendenzen tun zu können, finden in diesem Ansatz der tantrischen Tradition mystische Praktiken und Mittel überliefert, wie auf genau diese Disharmonien, Naturkatastrophen und Kriege eingewirkt werden kann. Wer dazu keine Anstrengung scheut und eine positive Motivation besitzt, der möge sich angesprochen fühlen und mit seinen tantrischen Vajra-Geschwistern in das Weltgeschehen mystisch zum Wohle aller Wesen einwirken. Es gelang ja in der historischen Geschichte schon einigen Sanghas, gemeinsam vereint tiefgreifende Umwälzungen in allen möglichen Bereichen hervorzurufen, die nie zum Schaden aller Wesen waren. Denn die magischen Fähigkeiten einer Sangha sind ungemein wirksamer als die Summe aller magischen Fähigkeiten der einzelnen Vajra-Geschwister.

Unterweisungen

Alle Wege zur Erleuchtung sind begehbar, für manche Menschen leichter, für manch andere aber nur sehr schwer. Es ist eine der schwierigsten Aufgaben als Meisterin, frühzeitig zu erkennen, wer für den schnellen, aber gefährlichen Weg nicht geeignet ist. Und diese ablehnende Entscheidung muss der Aspirantin auch schonend und einfühlsam vermittelt werden. Deshalb erfolgt nicht so schnell eine ernste Bindung, es muss lange alles noch unverbindlich bleiben, damit beide Seiten das Kennenlernen und ihre ersten Schritte ohne Verpflichtungen prüfen können.

Unterweisungen werden von Tulku Dawa Lhamo in der Abfolge von Ritualen gegeben, die regelmäßig und unverbindlich abgehalten werden. Es beginnt mit der Teilnahme an mehreren Ritualen im Zuge der alltäglichen buddhistischen Praxis.

Anschließend erfolgt bei Interesse die Teilnahme an einem regelmäßigen, aber noch unverbindlichem Training von vorbereitenden und die spätere Praxis begleitenden Übungen, die jedoch spirituell noch unverbindlich sind.

Dann erfolgt die Teilnahme an mehreren Seminaren, die der ernsthaft interessierten Aspirantin die Welt der Mystik eröffnen. Diese Seminare sind als Vorbereitung und Begleitung zu traditionellen Praktiken zu verstehen und sind eigens zu diesem Zweck entwickelt worden. Die Seminare sind selbstverständlich kostenlos. Über die Teilnahme entscheidet aber ausschließlich Tulku Dawa Lhamo selbst.

Dabei kann die Aspirantin über universell gültige, mystische Erfahrungen sowie gesundheitsfördernde Effekte hinaus herausfinden, ob sie für den tiefen Weg des Tantrismus wirklich geeignet ist und ob sie das grundlegende Potential mitbringt, um die erforderlichen Qualitäten für den tiefen tantrischen Weg als Ngagmo zu entwickeln.

Diese Seminare beinhalten daher Themenbereiche wie die Schönheit der Nacht, Nahtod-Erfahrungen, Prozesse des Sterbens und Todes, Erfahrungen außerkörperlicher Natur sowie eine generelle Sicht und ein Training im ganzheitlichen Sinne. Dazu gehören auch Körper-, Atem- und Meditationsübungen.

Während dieser Phase der Vorbereitung und des Kennenlernens im Rahmen des regelmäßigen Trainings und der mystischen Seminare kann die Aspirantin an einer unverbindlichen Einführung in diesen Praxisweg gemäß der Nyingma-Tradition des tibetisch-tantrischen Buddhismus teilnehmen.

Irgendwann ist dann der verbindlicher Beginn des buddhistischen Praxisweges mit Zufluchtnahme und Instruktionen innerhalb einer regelmäßigen Praxis. Die für dieses Level erforderlichen Anleitungen werden der angehenden Praktizierenden von Anfang an und mit den nötigen Details gegeben und vermittelt.

Es beginnen die Unterweisungen und Praktiken gemäß der Lehren der äußeren buddhistischen Lehre der ersten Drehung des Rades der Lehre. Vorrangig geht es hier um Unterweisungen in die Shamatha und Vipassana Meditationen und deren Ausführung. Weiterhin werden in diesem Zusammenhang die Grundprinzipien der Zurückweisung, der Abkehr und die grundlegenden Gedanken ausführlich besprochen. Die Perspektive dieser Stufe beinhaltet, sich sicherer zu werden über die Natur seiner individuellen Existenz, zu erfahren auf welche Weise man noch nicht Herr seines Lebens ist und durch die gelehrten Mittel zu beginnen, selbst Regie zu führen. Dieses Praxislevel beinhaltet auch die Schönheit der Stille zu erfahren und sich mehr in sich selbst zu Hause zu fühlen.

Unterweisungen und Praktiken gemäß der Lehren der inneren buddhistischen Lehre der zweiten Drehung des Rades der Lehre sind die nächste Stufe. Vorrangig geht es hier um Unterweisungen in die Mahayana Lehren, die Lehren von Bodhicitta, die Lehren des relativen und absoluten Mitgefühls in Theorie und Praxis. Speziell geht es hier um die in allen tibetisch-buddhistischen Traditionen verwendeten Lehren Atishas zu den sieben Punkten des Geistestrainings.

Die Perspektive dieser Stufe beinhaltet, sich sicherer zu werden über die Natur der gesamten Existenz und dazu zu erleben, was Liebe, Mitgefühl und Leerheit bedeuten und diese auf andere Wesen unmissionarisch auszudehnen. Der Prozess wird vertieft und erweitert; die Aspirantin beginnt ihren Weg in die Tiefe und Weite.

Dann beginnt die Meisterin mit den Unterweisungen und Praktiken gemäß der Lehren der inneren buddhistischen Lehre der dritten Drehung des Rades der Lehre. Vorrangig geht es hier um Unterweisungen in die Lehren der Buddha-Natur sowie um deren Anwendung.

Ab diesem Zeitpunkt ist der Beginn der vorbereitenden Übungen gemäß der tantrischen Lehren der Nyingma Tradition sinnvoll; dazu werden Unterweisungen in die jeweiligen zugehörigen Praxisstufen gegeben sowie die zugehörigen Kommentare. Die Perspektive dieses Levels ist, die Möglichkeit zu bekommen, sich von Makeln und Schleiern zu entledigen, die sonst behindernd konstant gegenwärtig wären, um sich so vorzubereiten für die universellen Dimensionen diese Weges.

Ein weiterer Schritt sind die Ermächtigung und die Unterweisungen in die Praxiswege der drei Wurzeln der Zuflucht - Lama, Yidam, Khandroma - auf den Ebenen der aufbauenden und vollendenden Phasen meditativer Praxis. Dazu gehören die vollständigen Anwendungen der Sadhanas, die kompletten Rezitationen aller Mantras und zugehöriger Rituale einschließlich der Feueropferungen. Die Perspektiven dieser Ebene übersteigen einen intellektuellen und analytischen Geist und werden daher nur für die Wesen sinnvoll, die wirklich diesen Weg praktizieren können.

Im Zusammenhang mit dieser Praxisstufe werden Instruktionen je nach Praxisfortschritt gelehrt. Dazu gehören die notwendigen Anweisungen in die Praktiken der vollendenden Phasen mit Form und Merkmalen, was die Übungen von Nadi, Prana und Bindu beinhaltet. Darüber hinaus werden Instruktionen über Dzogchen gelehrt.

Alle diese Ebenen werden gemäß der Dorje Tshomo Chime Lehren der buddhistisch-tantrischen Nyingmapa Tradition gelehrt. Das stufenweise Fortschreiten auf diesem Weg mit all seinen Ebenen obliegt in erster Linie dem Entwicklungsstand der Schülerin und hängt von den Vorschlägen der Tulku Dawa Lhamo ab.

Die Komplettierung der Praktiken der Unterweisungen der ältesten und weniger verbreiteten Lehren werden möglich; das sind unter anderem die außergewöhnlichen Praxiswege, auf die sich Tulku Dawa Lhamo spezialisiert hat, die sie seit Jahren praktiziert und als seltene, jedoch lebendige Tradition weiterzugeben vermag. Dieses Level ist von Bedeutung für die Wesen, die danach suchen, unter Anleitung der Tulku den Katastrophen und Missständen in der Welt mit den tiefen mystischen Mitteln der tantrischen Lehre entgegenzuwirken oder regulierend darauf einzuwirken, betrifft also den Bereich, zu dem Tulku Dawa Lhamo insbesondere durch die Dorje Tshomo Chime Tradition autorisiert ist.

Wie erkennbar braucht dieser Prozess ein wenig Zeit und daher auch Geduld. Ganz eilige Interessentinnen, die nicht durch die verschiedenen Phasen einer Vorbereitung bis zu einer möglichen Einführung in diese Lehre und den Weg der Lama gehen wollen, werden von Tulku Dawa Lhamo an andere Ngagmos ihrer Tradition verwiesen, die auf andere Weise als sie unterrichten und gegebenenfalls direkt in die Wege ihrer Tradition instruieren. Denn die Vielzahl der Wesen erfordert die unterschiedlichsten Lehren; daher mag für sehr Eilige möglicherweise ein anderer Ansatz innerhalb dieser kostbaren Tradition sinnvoller sein.

Die Rituale werden zur Heilung von Krankheit, zur Entsorgung von Hindernissen, zur Änderung von Verwicklungen, zur Befreiung von Manipulation und Fremdeinflüssen, zur Förderung von Positivem, zur Verlängerung des Lebens und zur generell kräftigenden, segensreichen spirituellen Unterstützung eingesetzt.

All diese Faktoren liegen, traditionell buddhistisch gesehen, nicht sehr weit auseinander; Krankheiten und Hindernisse werden in vielen Texten im gleichen Atemzug aufgezählt, wenn es um Erklärungen der zugehörigen Praktiken geht.

Im westlichen Sinne haben Heilung und Krankheit stets etwas mit naturwissenschaftlich diagnostizierbaren Faktoren zu tun, das bedeutet, eine Krankheit muss als solche stofflich nachweisbar sein, dann erst darf man von Krankheit reden. Heilung ist dann eingetreten, wenn diese nachgewiesenen Faktoren nicht mehr nachweisbar sind.

Leid ist demgemäß keine Krankheit, im Sinne der buddhistischen Lehre aber schon; jedoch kann Leid auch im westlichen Sinne zu Krankheit führen. Was individuell als Leid erfahren wird, ist so verschieden, dass man darüber nur noch sehr schwer sprechen kann. Manche Menschen fühlen sich bedrückt, lustlos oder haben nach einer verlorenen Liebe, nach ausgeheilten Erkrankungen oder auch Schwangerschaften kein Gefühl mehr für sich und ihr Leben.

Für manche sind ihre Mitmenschen eine große Last; sie mögen sich gemobbt fühlen, manipuliert, und alle denken gemeinsam, dass es schon irgendwann wieder vorübergehen wird. Der Verlauf ist hier sehr ähnlich zum Verlauf chronischer Erkrankungen oder Krankheitsverschiebungen auf eine andere physische Ebene, so dass das Problem irgendwann verschwunden scheint.

Sowohl Hindernisse und Leid als auch Krankheit in den vielen verschiedenen Formen verhindern, dass ein Individuum Herr seines eigenen Lebens sein kann. Man fühlt sich, als würden Etwas oder Andere bestimmen, ob und was man tun kann oder darf. Und was man auch entscheidet, am Ende sind es irgendwelche Faktoren oder Andere, die es möglich werden lassen oder auch nicht, dass etwas hoffentlich Gutes geschieht.

Behinderungen und Krankheiten aus der Sicht der Tantras sind Ausdruck der Disharmonie von Emotionen und den zugehörigen Qualitäten des menschlichen Daseins; es sind also Beschränkungen der eigenen Bewegungsfreiheit, die auch medizinischen Charakter haben können. Das grundlegende Problem sind die Fehler menschlicher Existenz an sich.

In diesen Erscheinungen spielt selbstverständlich das Gesetz von Ursache und Wirkung - das Gesetz von Karma - die grundlegende Rolle. Es ist nur möglich, auf Bedingungen zu treffen, zu denen man selbst irgendwann die Ursachen gelegt hat. Daher ist die Einflussnahme mit Hilfe derartiger Rituale nur begrenzt möglich und häufig, je nach Individuum, auch nicht immer sinnvoll.

Viele Faktoren führen also zu dem, was als Hindernisse oder Krankheiten bezeichnet wird. Objektiv in diesem spirituellen Sinne hieße Befreiung oder Heilung die gänzliche Abwesenheit all dieser behindernden Faktoren; also aller Bedingungen, die die menschliche Existenz auszeichnen. Gemäß der buddhistischen Sichtweise würde man dazu Erleuchtung sagen. Mit Heilung ist daher in diesem Sinne nicht eine vollkommene Abwesenheit von Symptomen gemeint, sondern das Herbeiführen von Bedingungen, die es dem Individuum möglich machen, sich im Wesentlichen als Herr seines eigenen Lebens zu erfahren und weniger als Spielball verschiedenster Einflüsse äußerer und innerer Natur. Das ist ein Bereich, in dem Ngagmos traditionell tätig sind; sie dienen den Anhängerinnen der Lehre, um mit ihren Fähigkeiten auf diese Verkettungen regulierend einzuwirken; sie können gemäß ihrer Kapazitäten daher individuell fördernden „Einfluss" gewähren und gemäß individueller Wünsche und Bedingungen lenken.

Eine spezielle Eigenschaft der von Tulku Dawa Lhamo abgehaltenen Rituale besteht aus speziellen Chants der langen Mantras und Dharanis in Sanskrit und auf Tibetisch; diese langen kraftvollen Chants sind Rezitationen mit einer speziellen Form der Intonation und Rhythmus, die bei Teilnehmerinnen erfahrungsgemäß besondere Zustände hervorrufen können, sie Gefühle oder Erfahrungen von großem Segen, Schutz oder Zeitlosigkeit erfahren lassen.

Auf der Grundlage einer ausreichenden und vollständigen Praxis der sogenannten drei Wurzeln - Lama, Yidam und Khandroma der Mahayoga Traditionen der Tantras der Nyingma Tradition - gibt es Anwendungen, um den Nutzen der Wesen zu bewirken.

Diese Praktiken besitzen jeweils sogenannte Aktivitäten, deren Anwendung erst nach diesen ausführlichen Rezitationen üblicherweise stattfindet. Diese beinhalten die vier Aktivitäten - die befriedenden/erweiternden, die überwältigenden/kontrollierenden, die zornvollen/zerstörenden und die entsorgenden Aktivitäten. Diese sind überliefert als Teile der buddhistisch-tantrischen Lehren in allen buddhistischen Traditionen Tibets. Der Unterschied mag in der Art, der Ausführlichkeit und eventuell in der Häufigkeit der Anwendung liegen. Da sie jedoch Teil der wichtigsten tantrischen Prinzipien sind, werden sie von allen Tantra-Praktizierenden aller Traditionen angewandt.

Zugang zum tantrische Bewusstsein

Kontinuität ist das Geheimnis des Tantra. Ewiges Leben gibt es im Buddhismus zwar nicht, aber es gibt eine geistige Kontinuität, die über das eine Leben, das der Körper hatte, hinüber in ein weiteres Leben getragen werden kann. Ein schönes Beispiel sind die fünf Kugeln, die sich nebeneinander berührend an Seilen hängen. Wird die erste Kugel gegen die zweite geschlagen, überträgt sich der Impuls durch alle anderen Kugeln hindurch und die letzte Kugel fliegt hinweg. Die Kugel ist das Symbol für das einzelne Leben, der kinetische Impuls hingegen ist das Symbol für die Kontinuität im tantrischen Bewusstsein, das durch mehrere Leben gehen kann.

Tantra ist ein gigantischer Komplex mit einer schier unübersehbaren Fülle von Material, der nicht mit wenigen Worten erklärt werden kann. Leider sind in der westlichen Welt viele falsche Vorstellungen verbreitet, da so eine asiatische Geheimlehre mit magisch-mystischen Ritualen, sexuellen Symbolen und Versprechungen von außergewöhnlichen Erfahrungen einen enormen exotischen Reiz ausübt. Für das Sanskrit-Wort Tantra gibt es vielerlei Erklärungen, am Besten sind die Begriffe „Verwoben", „Netz", „Gewebe" oder „Verkettung". Es ist eine entwickelte Technik des Geistestrainings, durch die der Bewusstseinsstrom über mehrere Leben hinweg aufrecht erhalten werden kann. Tantra ist also eine geistige Kontinuität.

Nach buddhistischer Überlieferung wird zwar das Tantra auf Buddha zurückgeführt, religionsgeschichtlich kommt Tantra aber eher wohl aus dem Bereich der indischen Ureinwohner, den Draviden, die eine eigene Sprachwurzel haben. Diese Dravidischen Sprachen gibt es heute noch in Südindien und in Sri Lanka. Die vor Jahrtausenden eingewanderten Indoeuropäer übernahmen natürlich Teile des dravidischen Tantras in ihre hinduistische Glaubenswelt und entwickelten daraus ein hinduistisches Tantra. Später flossen diese Kenntnisse wiederum in die Welt des Buddhismus mit hinein und es entstand im Tibetischen Buddhismus das Vajrayana.

In der Neuzeit kam auch noch das Geldverdienen-Tantra im Westen hinzu, leicht zu erkennen an den Preisen für Kurse, Seminare, Workshops und Retreats. Das Wort Tantra hat als Massagetechnik inzwischen sogar eine Nische in der Prostitution gefunden. Diese „modernen" Tantras oder Pseudo-Tantras haben mit dem Vajrayana überhaupt nichts gemeinsam. Denn das Vajrayana wird immer kostenlos gelehrt und hat ganz andere Zielsetzungen.

Die Tantra-Techniken bleiben immer authentisch, da sie seit ihrer Entstehung immer von Lehrerin zur Schülerin als Mund-zu-Ohr-Unterweisung übertragen werden. Die gigantischen schriftlichen Textüberlieferungen hingegen beschäftigen sich wesentlich erst einmal viele Seiten lang nur damit, diese Übertragungslinien akribisch aufzuzeigen und ihre Wahrheit zu bestätigen. Dies ist durch die asiatische Mentalität bedingt, die damit die Glaubwürdigkeit und Echtheit von Textüberlieferungen als authentisch anerkennen möchte.

Über die vielen Jahrhunderte hinweg haben sich natürlich neben den Kernen der Tantras zusätzlich auch noch Textpassagen eingefunden, die aus den verschiedenen Kulturrichtungen Indiens und Tibets einflossen und den Lernprozess für die Schülerinnen erleichtern sollten. Diese kulturellen Zutaten müssen erkannt und entsprechend der jeweiligen Zeit und der jeweiligen Kultur angepasst oder besser gleich ganz weggelassen werden. Wichtig sind aber eigentlich nur die zeitlosen inneren Kerne der Tantras.

Das tantrische Bewusstsein ist eine erweiterte Struktur des konventionellen Bewusstseins. Das uns bekannte Bewusstsein des Alltags ist nur ein kleiner Ausschnitt eines Gesamtbewusstseins. Wir erfassen und erfahren im Alltag deshalb nur Bruchstücke des ganzheitlichen Seins. Prinzipiell hat unser Bewusstsein aber das Potential, diese bruchstückhaften Ausschnitte so zu erweitern, bis schließlich alle Begrenzungen überwunden sind. Dieses Ziel kann schnell, aber nicht ungefährlich erreicht werden, wenn wir ein künstliches Hilfsmittel benutzen, nämlich die tantrischen Mandalas. Die sind zwar auch nur eine Teilmenge des Gesamtbewusstseins, aber erheblich besser geeignet, um das Bewusstsein zu erweitern.

Normalerweise sehen wir in den Mandalas tantrische Gottheiten, die von wundersamen Objekten und Wesen umgeben sind. Wir wissen aber, dass es so etwas in unserer Welt nicht existiert, denn wir können diese Dinge nicht sehen. Mandalas sind aber eigentlich immateriell, sie stellen keine Materie dar, sondern symbolisieren Erkenntnis. Diese abstruse Art von Erkenntnis kennen wir im Westen ja schon gleich gar nicht. In den Tantra-Techniken werden aber diese Umgebungen nicht nur gedanklich erzeugt, also sich vorgestellt, sondern sie werden auch erfahrbar und begehbar gemacht. Diese Umgebungen werden also im Gehirn sozusagen als virtuelle Erkenntnis erzeugt und dann auch noch durchwandert. Manchen fällt das sehr schwer, andere können das sehr schnell praktizieren.

Aufgabe der tantrischen Meisterin ist es, ihre tantrische Schülerin behutsam und vorsichtig in exakt dieses identische virtuelle Bewusstsein hineinzuführen. Das geschieht mit täglichen gemeinsamen Übungen über viele Wochen und Monate hinweg, solange bis sich beide im identischen virtuellen Bewusstsein ohne Anstrengung bewegen können und hierbei die selben Wahrnehmungen, Empfindungen und Klarsichten haben. Das ist dann die erste Stufe zum tantrischen Bewusstsein, die Erfahrung eines tantrischen Realitätsbegriffs von Raum und Empfindungen, von Farben, Formen und Funktionen, die sich nur in dieser „Traumwelt" befinden, parallel zur uns bekannten Welt.

Sciencefiction-Fans würden sagen, wir begeben uns mit unseren Sinnen und dem Gehirn bei purem Wachbewusstsein in den Hyperraum, wo wir grundsätzlich zwar alles Beliebige formen könnten, aber uns doch besser durch die Meisterin kontrolliert dazu anleiten lassen. Psychologen hingegen würden sagen, wir begeben uns in einen zeitlich befristeten Schizophrenie-Zustand, den wir unter Kontrolle halten können, begleitet durch eine Meisterin, die alles im Griff hat und sich dort gut auskennt und auch den Ausgang wieder finden kann.

Hier haben wir die Sicherheitsschranke, die niemand allein durchbrechen kann. Die inneren Geheimnisse der Tantras sind unzerstörbar auf der virtuellen Gegenseite gelagert, dort hin kann nie jemand ohne Meisterin jemals gelangen und sich weiter entwickeln. Die Welt dort drüben kann weder mündlich noch schriftlich einfach beschrieben werden, geschweige denn auch noch einfach für persönliche egoistische magische Zwecke genutzt werden.

Ohne die Hinführung durch eine Meisterin ist der Weg grundsätzlich versperrt. Alleine kann man nie dort hin gelangen, alle Versuche Einzelner scheiterten und manche wurden psychiatrische Pflegefälle. Deshalb wird auch der buddhistische Weg des Vajrayana zwar als schnell zielführend, aber auch als sehr gefährlich eingestuft.

Unsere „echte" vierdimensionale Welt ist gekennzeichnet durch die dreidimensionale Ausdehnung des Raumes in Länge, Breite und Höhe sowie der Zeit. Hinzu kommt noch der „Ich-Begriff". Das „Ich" ist aus buddhistischer Sicht eine Illusion, ebenso die Beziehungen zwischen „Ich" zum „Nicht-Ich". Diese Ich-Illusion in uns verhindert den Blick in die fünfte Dimension im Tantra, in die Dimension des „Alles ist vernetzt". Wenn diese Gehirnschranke der Ich-Illusion überwunden wird, befindet sich die Wesenheit, hier in dem Fall der Mensch, in einem vernetzten Zustand von Raum und Zeit. Die Trennung zu anderen Gegenständen, Objekten, Menschen oder anderen Wesen ist aufgehoben. Das ist aber dann keine „Überwelt" über unsere Welt wie im Spielfilm „Matrix", denn wir als Wesenheit sind weiterhin in der einen Welt. Es gibt nur eine! Aber unser Denken und Fühlen hat sich sehr verändert, denn wir sind nicht mehr ein „Ich", sondern ein „Alles".

Im fünfdimensionalen Geisteszustand spielen Entfernungen und Zeiten nur eine untergeordnete Rolle. Es ist ähnlich wie in der Kinofilm-Serie „Krieg der Sterne", denn auch hier werden durch Gedankenkraft Eingriffe in das „Außerhalb" des „Ichs" vorgenommen. In den Filmen werden die Handlungen anderer Wesen ohne deren Wissen beeinflusst, Materie bewegt sich entgegen der physikalischen Gesetze, das sogenannte „Reste-Ich" manipuliert also die sogenannte Realität. Hier beginnt dann das gefährliche Gebiet, denn wenn noch Reste des „Ichs" in unserem Geist schlummern, wollen diese Ich-Reste sich Vorteile aus der Vernetzung mit dem „Alles" schaffen.

Das muss im Tantra unbedingt vermieden werden und dafür ist die Meisterin zuständig. Sie kontrolliert ihre Schülerin sehr genau, ob diese im tantrischen Zustand, also im virtuellen Mandala-Land tantrisch unethische Versuche startet und persönliche Vorteile oder Bereicherungen erlangen will oder sogar kriminelle Handlungen versucht vorzunehmen. Immerhin hängt das Überleben der Meisterin von ihrer richtigen oder falschen Einschätzung der Schülerin ab, denn diese Schülerin könnte im tantrischen Bewusstseinszustand die Meisterin jederzeit töten, wenn die Schülerin noch unreine Anhaftungen inne hätte. Vajrayana ist nun mal wie ein Ritt auf der Rasierklinge, das gilt für beide Seiten, das weiß die Meisterin, aber die Schülerin eben auch.

Aus buddhistischer Sicht besteht jedes Bewusstsein, sei es ein ausschnittsweises oder eine gesamtes, nicht aus sich selbst heraus, denn die Erscheinungen sind abhängig von Bedingungen und Ursachen. Die Praktizierende erlebt, dass die Erscheinungen ihres konventionellen Bewusstseins zwar noch vorhanden sind, aber dass sie sich irgendwie verändert haben. Die Beziehungen zwischen den einzelnen Erscheinungen sind lockerer, flexibler und transparenter geworden, denn die Funktionsabläufe der Bewusstseinsentstehung sind durchschaut. Das „Ich" hat keine Eigenexistenz mehr, sondern ist nur eine Vernetzung von ständigen Ursachen und Wirkungen. Real ist für uns nur das, was wir wahrnehmen und unser Gehirn interpretiert. Diese Wahrnehmung kann aber auch erweitert werden und die Interpretation kann auch beeinflusst werden. Das dabei entstehende Bewusstsein kann somit gesteuert werden.

Das kann durchaus auch andere Wesen beeinflussen. Bei den Unterweisungen berührt deshalb der Kopf der Meisterin den der Schülerin. Durch diesen innigen körperlichen Kontakt werden die Übertragungen intensiver. Insofern tritt zwischen der Meisterin und ihrer Schülerin ein Wechselspiel von Bewusstseinsübertragungen auf, das natürlich nicht ungefährlich sein kann. Im Zuge der tantrischen Einweihung und der tantrischen Unterweisungen achtet deshalb die Meisterin sehr genau auf unbewusste und versteckte Signale ihrer Schülerin, um frühzeitig eingreifen zu können, falls diese Verwirrung, Angst oder Abneigung zeigt.

Gelegentlich liest man den Begriff „in das Mandala der Gottheit eintreten". Das kommt aus dem Unverständnis beim Textübersetzen, insbesondere bei wörtlichen Übersetzungen, denn im Buddhismus gibt es keine Gottheiten, auch keine tantrischen Meditationsgottheiten. Gemeint ist damit eigentlich das Eintreten in einen geistigen Zustand eines erleuchteten Wesens, eines Buddhas. In der Praxis hat sich diese Begrifflichkeit aber nun so manifestiert und die tantrischen Meditationsgottheiten geistern in der Tantra-Literatur nun herum und irritieren so manche.

Im Buddhismus gibt es die fünf Persönlichkeitskomponenten (skt. skandhas), nämlich Körper, Wahrnehmung, Empfindung, karmischen Gestaltungskräfte sowie Bewusstsein. Diese fünf Komponenten sind anfangs unrein und müssen von falschen Vorstellungen gereinigt werden. Dieser Reinigungsprozess ist der eigentliche Weg zur Buddhaschaft. Diese gereinigten Komponenten werden in der Lehre auch als Dhyani-Buddhas bezeichnet: Vairocana, Ratnasambhava, Amitabha, Amoghasiddhi und Akshobhya.

„In das Mandala der Gottheit eintreten" bedeutet somit etwas gänzlich anderes. Die Schülerin versucht in der Meditation, sich selbst als vollendeter Dhyani-Buddha vorzustellen und in dessen Bewusstsein einzutreten. Das wird Anfangs noch so geübt, dass hier das „Ich" und auf der Gegenseite dieses Dhyani-Buddha-Bewusstsein ist. Aber auch das alltägliche Leben wird mehr und mehr von diesem Reinigungsprozess durchdrungen, die Schülerin muss sich von falschen Vorstellungen befreien und trennen, ihr geistiges Wesen reinigen, mehr und mehr buddhistisch leben und denken. Mit der Zeit verschmilzt das Bewusstsein der Schülerin aber mehr und mehr mit diesem imaginären Buddha-Bewusstsein in der Meditation.

Im tantrischen Bewusstsein gibt es keine Trennung zwischen „Ich" und „Du", unser konventionelles Denken funktioniert „dort drüben" nicht, diese fremdartige Welt des Mandalas besteht nur aus dem Dasein eines Bewusstseins des Buddha. Die Begrifflichkeit getrennter Wesen ist dort irrelevant. Das Eintreten in dieses Mandala funktioniert deshalb nur unter dem Loslassen des „Ichs".

Es macht keinen großen Sinn, mit den Worten unseres Bewusstseins etwas zu beschreiben, was sich in dem tantrischen Bewusstsein abspielt, denn es fehlen die Bezüge, Wertigkeiten und Unterscheidungen, die es dort nicht gibt.

Die Initiation ist nur ein erster Schritt, denn die Schülerin kann nun durch Meditationsübungen diese jenseitige tantrische Identität ausbauen und erweitern und zugleich ihr Ego reduzieren und herunterfahren.

Dann kommt die große Hürde, an der viele hängenbleiben, manchmal für immer und dann daran kläglich scheitern. Hier ist die Meisterin gefordert, denn auch sie musste eines Tages diese Hürde überwinden und kann sich in ihre Schülerin hineinversetzen. Nach Überwindung der enorm schwierigen Ego-Hürde kommt dann so einfach von selbst und unvermittelt der Schritt der Kontaktaufnahme. Aus der anfänglichen Phantasiewelt im Mandala wird langsam ein Akt der intuitiven Wahrnehmung. Durch neuartige Wahrnehmungskanäle, die es vorher nicht gab, werden intuitive Erscheinungen, Erkenntnisse und Prozesse aufgenommen. In dieser Phase bekommt die Schülerin ein räumliches Gefühl der Ausdehnung ihres Bewusstseins in eine Richtung, die sie sich nie hätte vorstellen können. Ab jetzt braucht es durch die Erfahrung von Freude und Glücklichsein keine Motivation mehr für die Übungen. Jetzt geht vieles von alleine.

Diese Lebensweise, verbunden mit der Meditationstechnik und dem tantrischen Bewusstsein, erzeugt Erfahrungen, die nicht jede aushalten kann, denn viele werden bis ins Tiefste verunsichert und psychisch schwer erschüttert. Das kann schwere negative Folgen nach sich ziehen. Deshalb sind von der Meisterin drei grundlegende Bedingungen zu prüfen.

Erstens muss die psychische Stabilität der Schülerin geprüft und für gut befunden werden.

Zweitens muss das uneingeschränkte Vertrauen der Schülerin zur Meisterin, zum geistigen Zustand eines erleuchteten Wesens und zur Methode erzeugt und aufrecht erhalten werden.

Drittens stützt sich das Tantra auf eine saubere, uneigennützige Motivation, die schon vor Beginn der Übungen und der Ermächtigung nachweisbar und spürbar vorhanden sein muss. Schon wenn eine der Voraussetzungen nicht vorhanden ist, kann dies zu dauerhaften Desorientierungen und psychischen Fehlfunktionen führen.

Glücklicherweise muss man sich eigentlich gar nicht so viele Sorgen machen, denn die vielen vermeintlichen Tantra-Einweihungsangebote weltweit erzeugen zumeist gar keine oder nur geringe Folgeschäden. Denn nicht in jedem Tantra, auf dem Tantra draufsteht, ist auch Tantra drin. Viele praktizieren Tantra und merken es nicht, dass es kein echtes Tantra ist. Das gefährliche System schützt sich automatisch von selbst.

Wichtig ist aber die Bedeutung der grundlegenden Übungen und der uneigennützigen Zielsetzung. Gemäß der buddhistischen Überlieferung gibt es kein echtes Tantra ohne die buddhistischen Erklärungen und Übungen der Sutras der beiden Richtungen Hinayana und Mahayana. Es gibt auch keine gültigen tantrischen Einweihungen für Interessierte, die weder Zuflucht zur buddhistischen Sangha genommen haben noch sich um Verständnis und Motivation bemühen, das Wohl der anderen vor das eigene Wohl zu setzen, denn das findet die Meisterin schnell heraus.

Die Gemeinschaft der Tantrikerinnen und Tantriker ist nicht eine Loge oder eine Sekte, die ihre Geheimnisse beschützen will. Die Geheimnisse des Tantra schützen sich ja selbst. Denn mit einer egozentrischen Einstellung ist es unmöglich, Tantra zu praktizieren. Diese geistige Einstellung verhindert jegliches Fortkommen bei den Übungen. Es ist im Grunde genommen sinnlos und eher ein gefährliches Experiment, mit der normalen westlichen Ich-Bezogenheit Tantra praktizieren zu wollen.

Somit ist es auch eine der Kernaufgaben und Pflichten einer Meisterin, die Schülerin zu Beginn erst durch vorbereitenden Stadien zu geleiten. Erst wenn eine Verringerung des egozentrischen Denkens und Handelns sowie eine selbstlose Motivation erkennbar ist, kann die Meisterin die Schülerin zum nächsten Schritt führen und tantrische Erklärungen geben. Inmitten der großen Vielfalt von subtilsten Vorgängen ist es ihre Pflicht, Klarheit zu schaffen, korrigierend einzuwirken und so viel Unterstützung wie nur möglich zu geben.

Ganz zum Schluss stellt sich natürlich jeder normale und vernünftige Mensch die große Frage: „Wozu dient das alles? Was ist der Sinn und wo ist der Nutzen?"

Die simple Antwort ist: „Um sich selbst und die Welt durch Magie zu verbessern."

Denn Magie ist die Kunst, das Bewusstsein willentlich zu verändern. Tantrikerinnen lernen, ihr Bewusstsein zu verändern, so verändern sie auch die Wirklichkeit. Denn wenn sie entdecken, dass diese Welt des Leides voller Magie ist, dann verlieben sie sich in diese Welt und möchten das Leid verringern.

Karmamudrā oder Sex

Eigentlich ist Karmamudrā[70] (tib. las.kyi.phyag.rgya.) der zutiefst geheimste Inhalt des Vajrayana. Darüber soll traditionell auch nicht gesprochen und geschrieben werden. Wer von seiner Meisterin oder seinem Meister für die Einweihung in Dzogchen nach eingehender Prüfung für gut befunden wurde, erhält die notwendigen Erklärungen für die erforderliche und strikte Geheimhaltung der Instruktionen. An diesen Erklärungen und Begründungen für eine Geheimhaltung hat sich im Laufe der Jahrhunderte nichts geändert, denn die menschlichen Begierden, Vorurteile und Missinterpretationen existieren ja noch weiterhin. Nachdem aber seit einigen Jahrzehnten bereits genügend westliche Literatur hierzu im Umlauf ist, möchte das Thema Karmamudrā hier natürlich nicht fehlen.

Die tantrischen Methoden sind extrem flexibel, die Tantrikerinnen und Tantriker können diese Methoden an jede Zeit, jede Kultur, jede Art von Mensch anpassen. Es handelt sich nicht um eine starre Tradition, die ohne Veränderung weitergegeben wird. Eine der größeren Veränderungen beispielsweise erfolgte bei der Einführung der Tantras in Tibet, als Meister Padmasambhava die Tantras in Tibet lehrte, wobei er viele Elemente der ortsansässigen Bön-Religion in seine Lehren integrierte. Da seit einigen Jahrzehnten in Europa und Amerika eine Übernahme der Tantras abläuft, liegt es an den Meistern und Meisterinnen der Übertragungslinien, die tantrischen Methoden im Einklang mit der westlichen Kultur umzuformen.

Es kann aber nicht das schlichte Ziel sein, abergläubische naive Rituale und tibetische Folklore unkritisch zu praktizieren. Bedauerlicherweise wird das aber derzeit in Europa und Amerika massiv so durchgeführt. Die Anpassung erfolgt fast gar nicht, es werden nur primitive Verhaltensweisen integriert oder bereits bestehende Fehlentwicklungen übernommen. Viele suchen den Weg zu den Tantras, aber bleiben sofort in ihren eigenen Verirrungen wieder stecken, da es zu wenig tibetische Meisterinnen und Meister gibt, die sich in das westliche Denken und Fühlen, in die westliche Mentalität hineinversetzen können oder wollen.

---

70 Sanskrit-Begriff für „Handlungssiegel"

Denn sie stammen zumeist aus tibetischen beziehungsweise nepalesischen Klöstern, in die sie bereits im Kindesalter eintreten mussten.

Auf der anderen Seite gibt es natürlich auch westliche tantrische Meisterinnen und Meister. Zumeist sind es aber nur Menschen, die sich tieferes Wissen und echte Praxis der Tantras aneignen konnten, aber dann ohne Lehrauftrag selbstständig und zumeist geschäftstüchtig „ihre" Lehre zu verbreiten beginnen.

Im Westen gibt es vieles, was unter der Flagge „Tantra" segelt, was aber im Sinne einer unter strikten Bedingungen persönlich übermittelten Geheimlehre überhaupt nichts zu tun hat.

Besonders berühmt oder vielleicht eher berüchtigt wurde der Inder Bhagwan Shree Rajnesh, der sich selbst zum Guru ernannte und sich später Osho nannte. Diese im Vergleich zu vielen anderen Gehirnwäschesekten indischer Provenienz eher harmlose charismatische Erscheinung gehörte in Wirklichkeit weder einer buddhistischen noch einer hinduistischen, somit also überhaupt keiner tantrischen Überlieferungslinie an. Diesem Mann verdankt es Europa und Amerika, das dort neunzig Prozent der Menschen, die überhaupt etwas mit dem Wort Tantra anzufangen wissen, unter Tantra eine Art von Sex verstehen. Denn der Bhagwan mixte geschickt hinduistische, buddhistische, christliche, islamische und andere religiöse Lehren mit diversen psychotherapeutischen Techniken wie Urschrei, Encounter, Bioenergetik und anderes zu einem Gebräu, welche den sehr zahlreichen und oft sehr reichen Schülerinnen und Schülern den unbeschwert hedonistischen Gebrauch der sexuellen und sonstigen sinnlichen Begierden ermöglichte und dafür aber das Bankkonto des Meisters bis zum Platzen füllte. Der mittlerweile verstorbene große „Tantriker" hinterließ eine große Ansammlung von Schülern und Schülerinnen, die es ihm nun gleichtun wollen.

Diese Schüler und Schülerinnen, die nun unter den verschiedensten Phantasiebezeichnungen, die meist das Wort Tantra enthalten, tantrische Wochenendseminare, tantrische Jahresgruppen, tantrischen Urlaub auf Kreta und ähnliches mehr anbieten, haben ganz anderes im Sinn. Es soll hier nicht unbedingt vom Besuch derartiger Kommerz-Veranstaltungen abgeraten werden, denn manche Menschen haben es dringend nötig, mehr Mitgefühl und Zärtlichkeit zu ihren Mitmenschen zu entwickeln. Es muss aber bemerkt werden, dass dies mit echtem buddhistischen Tantra absolut nichts zu tun hat.

Tantra ist auch keine andere oder spezielle Spielart von asiatischen Sex wie zum Beispiel die im chinesischen Raum bekannte „Weiße Tigerin", sondern es benutzt natürliche, hochemotionale und hormonelle, also mit Endorphin beladene Situationen, in die sich zwei tantrisch Gebildete gemeinsam begeben haben, um auch gemeinsam abgesprochen etwas in der Außenwelt zu bewirken.

Tantrische Lehren gehören immer einer bestimmten Stufe oder Klasse an. Je höher die Klasse, desto rascher führt sie zur Verwirklichung der Lehren, wobei gleichzeitig die an die Schülerinnen gestellten Ansprüche auch immer höher werden. Es gibt drei sich nur wenig unterscheidende Klassen, die unter dem Begriff äußeres Tantra zusammengefasst werden. Die im Westen weit verbreiteten Meditationen über Tara und Chenresig gehören zu den äußeren Tantras. Das innere Tantra ist in der auf Padma-sambhava zurückgehenden Nyingma Tradition in die Klassen Maha-, Anu- und Ati-Yoga geteilt, in den anderen auf andere indische Siddhas zurückgehenden Traditionen gibt es eine einzige, Anuttara-Tantra genannte Klasse des inneren Tantra. Im Folgenden werden mit Tantra immer buddhistische, der Klasse des inneren Tantra angehörende Lehren bezeichnet.

Manche Meisterinnen behaupten, dass das innere Tantra nur von sehr, sehr weit fortgeschrittenen Schülerinnen praktiziert werden kann und dass diese mindestens ein Jahr lang ein strenges Retreat, natürlich ohne Sex, mit zwölf Stunden täglicher Praxis einhalten müssten.

Merkwürdigerweise steht in den tantrischen Texten, von denen erst sehr wenige zufriedenstellend in westliche Sprachen übersetzt worden sind, genau das Gegenteil. Im Hevajra-Tantra etwa heißt es, dass die Schülerin sich nicht zurückziehen soll, dass manche schon nach einem Monat Praxis die Verwirklichung erlangen können, dass auch eine Mörderin oder anderweitige Verbrecherin mit Hilfe dieser Praxis die Verwirklichung erlangen kann und so weiter.

Hier wird nicht ein irgendwie passendes Beispiel herausgegriffen. Die grundlegenden tantrischen Texte, die sogenannten Wurzeltantras oder Kerne der Tantras sind voll von solchen knallharten Behauptungen. Der Grundtenor lautet: Jede Frau und auch jeder Mann, die oder der Mut, Intelligenz, Disziplin, Ausdauer im Ertragen von Widerwärtigkeiten und etliche andere nicht übermäßig weit verbreitete Eigenschaften hat, kann Tantra praktizieren, ohne die Lebensumstände grundlegend zu ändern.

Eine weitere Schwierigkeit ist es noch, eine wirklich kompetente Meisterin zu finden.

Die tantrischen Dhyani-Buddhas sind häufig, aber nicht immer, sogenannte Yab-Yum-Formen[71], also männliche Buddhas in leidenschaftlicher sexueller Vereinigung mit weiblichen Buddhas. Obwohl eine symbolische Auffassung dieser Dhyani-Buddhas als Vereinigung von Upaya und Prajna[72] ihre Berechtigung hat, gibt es eine gleichberechtigte Auffassung: Ein Mann und eine Frau visualisieren sich als Dhyani-Buddhas und vereinigen sich miteinander. Dies wird Karmamudrā-Praxis genannt und kann sehr rasch zur Erleuchtung führen, wenn gewisse Bedingungen erfüllt sind.

Die tantrische Meditation ist in zwei Phasen geteilt. In der Erzeugungsphase (tib. kye.rim.) üben sich die Praktizierenden in der präzisen Visualisation der äußeren Form des Dhyani-Buddhas, insbesondere werden dabei die Mantras der Dhyani-Buddhas etliche tausendmal rezitiert. Diese Vorgehensweise erinnert ein wenig an die Kommunikationsmethodik „Neuro-Linguistisches Programmieren" (NLP), die aber in der Neuropsychologie als pseudowissenschaftlich noch abgelehnt wird. In der darauf folgenden Vollendungsphase (tib. dsog.rim.) wird das innere subtile Energiesystem des Dhyani-Buddhas, also der Zentralkanal und die Chakren aktiviert. Dieser Phase gehört auch die Karmamudrā-Praxis an.

Es gibt kritische Beurteilungen hierzu, mit der Aussage, dass es keine Karmamudrā-Praxis gäbe. Das ist falsch. In manch älteren Literatur ist diese Behauptung zu finden. Sie soll dazu dienen, die „moralische Reinheit" des Buddhismus zu untermauern. Nun ist an Sex in jeder Form nichts Unmoralisches zu finden, solange er völlig freiwillig und ohne Ausnutzung einer Abhängigkeit stattfindet. Buddha Shakyamuni hat nie etwas anderes behauptet und in den fünf sittlichen Regeln (Panca Sila), denen sich jeder Buddhist bei der Zuflchtnahme unterwirft, wird nichts anderes verlangt.

Nur für Mönche und Nonnen gilt das Verbot jeder sexuellen Betätigung. Es wird im übrigen in der ganzen kanonischen Literatur nie behauptet, dass Nonnen oder Mönche den sogenannten „Laien" überlegen sind oder dass man nur als Nonne oder Mönch zur Erleuchtung gelangen kann. Unter kanonischer Literatur versteht sich die als Buddhawort

---

71 Wörtlich Vater-Mutter
72 Methode und Ziel

(Buddhavacana) geltenden Sutras und Tantras. Dass manche tibetischen Lamas, die im Zölibat leben, die Überlegenheit des Mönchsdaseins behaupten, ja sogar gegenüber ihren Schülern den mit langen Retreats verbundenen zölibatären Pfad als einzig gangbaren hinstellen, ist bedauerlich. In Wirklichkeit dient das nur dazu, eine künstliche Kaste von westlichen „Geistlichen" zu erzeugen, die hauptsächlich - das war ja auch in Tibet eines der Hauptprobleme - an der Erhaltung ihrer Refugien interessiert ist. Leider kommt diese Darstellung im Westen gut an, da dort viele den Tibetischen Buddhismus für eine Art besseren Katholizismus halten.

Die Auffassung, dass manche eben als Mönch oder Nonne leben wollen, weil sie keine Partnerin oder keinen Partner finden können oder wollen, ist nicht nur falsch, sie ist wirklich gefährlich. Erstens wird man nicht zum Mönch oder zur Nonne, indem man auf Sex verzichtet. Es ist dazu erforderlich, sich von einer die entsprechenden Gelübde haltenden Person zum Mönch oder zur Nonne ordinieren zu lassen. Ordinierte Mönche und Nonnen müssen sich nicht nur sexuell enthalten, sondern eine große Zahl von Regeln einhalten, die in der Vinaya-Abteilung der kanonischen Literatur zu finden sind. Zweitens ist es für die geistige Gesundheit sehr gefährlich, sozusagen aus der Not eine Tugend zu machen. In der Praxis funktioniert das nie, sondern führt nur zur spirituell verbrämten Pflege einer Sexualneurose.

Egal ob jemand Nonne oder Mönch werden will oder die Karmamudrā-Praxis ausüben will, zuerst muss jeder Mensch, der spirituelle Erkenntnis oder gar die höchste unübertreffliche Erleuchtung (Anuttarasamyaksambodhi) erlangen will, über einen längeren Zeitraum völlige sexuelle Befriedigung erlebt haben. Denn der menschliche Körper braucht Nahrung, Wasser, Sonne, Bewegung, Schlaf und Sex. Es ist zwar richtig, dass von diesen Notwendigkeiten aus freier Entscheidung auf den Sex verzichtet werden kann, aber dieser Verzicht soll kein Selbstzweck sein, sondern den spirituellen Weg fördern. Dieser Effekt tritt aber nur ein, wenn man das kennt, worauf man verzichtet!

Der historische Buddha Shakyamuni war zunächst verheiratet und hatte - wie damals für Prinzen üblich - zusätzlich noch etliche Konkubinen, nach seinen eigenen Worten waren ihm alle Arten von Erotik aus eigener Erfahrung bekannt. Die indische brahmanische Tradition verlangt von jedem Mann und jeder Frau, zu heiraten, Kinder zu bekommen und großzuziehen, bevor ein Rückzug in die der Gotteserkenntnis gewidmeten Askese erlaubt ist. Auch die jüdische Tradition akzeptiert prinzipiell nur verheiratete Priester. Ähnlich ist es in der evangelischen Kirche und im Islam. Hier könnten noch eine ganze Menge ähnlicher Beispiele angeführt werden. Außerdem ist zu bedenken, dass die buddhistischen Mönchs- und Nonnengelübde keine ewigen Gelübde sind wie die katholischen, sondern jederzeit wieder abgelegt werden können. Tatsächlich beginnt die Karriere vieler Tantrikerinnen mit einer zölibatären Phase, die aber nach einiger Zeit - häufig gegen den starken Widerstand der klösterlichen Umgebung - zugunsten der Karmamudrā-Praxis beendet wird.

Es ist eine völlig aus der Luft gegriffene Behauptung, dass die meisten Lamas Mönche oder Nonnen sind. Erstens kommt es natürlich darauf an, wem man den Titel Lama überhaupt zuerkennt. Wenn in der tantrischen Literatur von der Lama als höchstem Zufluchtsobjekt die Rede ist, welches die drei Juwelen Buddha, Dharma, Sangha und die drei Wurzeln Lama, Yidam, Khandro umfasst, so ist damit selbstverständlich eine Person gemeint, die im Sinne des vorher zur Definition des Tantra Gesagten die Buddhaschaft erlangt hat und die ihre notwendigerweise sehr wenigen Schülerinnen zur Buddhaschaft führt.

Dass heutzutage jede Person, die ein Drei-Jahres-Retreat absolviert hat, sich als Lama titulieren lässt, ist ungefähr so absurd wie als würde man jeden katholischen Priester als Heiligen im theologischen Sinn betrachten. Mittlerweile gibt es sogar ein paar selbsternannte Lama-Scharlatane, die in Wirklichkeit überhaupt keine Ausbildung haben und die auch von niemandem außer ihren Anhängern als Lamas anerkannt werden. Auf dieses die tantrische Tradition ernsthaft gefährdendes Problem soll an dieser Stelle aber nicht weiter eingegangen werden. Außerdem ist es so, dass es in ausnahmslos jeder Tradition des Tibetischen Buddhismus Lamas gibt, die keine Mönche oder Nonnen sind.

In allen tantrischen Traditionen werden die inneren Tantras praktiziert. Eine bestimmte Einweihung in die inneren Tantras, die Weisheit-Bewusstseins-Einweihung (Prajna-abisheka) ist immer mit einer Gefährtin oder einem Gefährten verbunden. Dabei ist es in den Sakya-, Kagyü- und Gelug-Traditionen den Praktizierenden freigestellt, sich mit einer imaginierten Gefährtin oder einem Gefährten zu begnügen (das heißt dann Jnanamudrā).

In der Nyingma-Tradition hingegen ist es üblich, das monastische Leben zurückzulassen, aus dem Kloster auszutreten, das Zölibat abzulegen und sich auf dieser neuen Stufe eine echte Gefährtin oder einen echten Gefährten zu nehmen (Karmamudrā). Es gibt überhaupt nur wenige Nyingma-Lamas, die ihr ganzes Leben als Mönch oder Nonne verbracht haben. Padmasambhava sagte: „Ohne Karmamudrā keine Mahamudra". Mahamudra-Erlangung ist synonym mit der Verwirklichung der Erleuchtung. Sehr häufig werden deshalb Lamas für Mönche oder Nonnen gehalten, obwohl sie gar keine sind. Viele westliche Schüler und Schülerinnen glauben automatisch, dass es sich um einen Mönch oder eine Nonne handelt, wenn sie eine Person in dunkelroten Roben sehen. Den Status kann man leider nicht an äußeren Merkmalen erkennen!

Die Karmamudrā-Praxis dient nicht nur den Männern. In der meist von nicht praktizierenden Gelehrten verfassten Sekundärliteratur werden aber die beteiligten Frauen oft eindeutig als irgendwie untergeordnet apostrophiert, manchmal ist sogar davon die Rede, dass die männlichen Tantriker Frauen zum Zwecke der eigenen Erleuchtung benutzen. Diese Behauptung ist grundsätzlich schlicht und einfach falsch. Natürlich kommen solche Missbrauchsfälle vor, aber in allen Fällen waren es keine echten Tantriker. Wahr ist vielmehr, dass es zu den tantrischen Gelübden gehört, Frauen auf keinen Fall zu diskriminieren.

Wahr ist, dass die Wurzeltantras, also die Primärliteratur, aus der alle Tantrikerinnen und Tantriker schöpfen, stets von hingebungsvoller Verehrung als einziger Art sprechen, mit der der männliche Tantriker Frauen zu begegnen hat, und zwar unterschiedslos allen Frauen!

Im Buch der amerikanischen Tantrikerin Miranda Shaw[73] wird anhand von vielen Zitaten aus den Tantras gezeigt, dass Frauen in der tantrischen Partnerschaft als gleichberechtigt behandelt werden, dass es viele weibliche Gurus gab, dass etliche tantrische Texte von Frauen verfasst wurden und viele weitere wenig bekannte Fakten. Am Ende dieses empfehlenswerten Werks wird auch die Karmamudrā-Praxis selbst angedeutet. Karmamudrā führt, wenn korrekt ausgeführt, zur Erlangung des Resultats der Tantras für Mann und Frau gleicherweise.

---

73 Miranda SHAW, Passionate enlightenment: Women in Tantric Buddhism. Princeton, N. J.: Princeton University Press, 1994. Die ziemlich schlechte und gekürzte deutsche Übersetzung durch Thomas GEIST und Heike MÜNNICH, Erleuchtung durch Ekstase: Frauen im tantrischen Buddhismus, Frankfurt a. M.: Wolfgang Krüger Verlag, 1997, ist auch als Taschenbuch erhältlich.

Ein aktuelles Problem bilden die immer häufiger werdenden Beziehungen männlicher, meist tibetischer Lamas mit westlichen Frauen. Viele östliche Lamas sind aufgrund ihrer nach unseren Maßstäben einseitigen Erziehung weder in der Lage noch Willens, eine Frau als gleichwertige Partnerin zu behandeln. Das beginnt bereits mit der tibetischen Sprache, denn „Mann" heißt tibetisch „Mi" und bedeutet auch „Person" und „Mensch", „Frau" hingegen heißt tibetisch „Kyemen", „Tobmema" und „Tsandenma", das bedeutet „mindere Geburt", „die ohne Samen" und „die mit Beschränkungen Behaftete". Das führt zu einer ganzen Reihe von Problemen.

Gegen gewöhnlichen Sex ist ja überhaupt nichts einzuwenden, aber die Erotik zwischen einer westlichen Frau und einem tibetischen Lama ist noch lange kein Karmamudrā. Zu diesem Zweck müssen beide Partner gewisse, nicht leicht zu erbringende Qualifikationen aufweisen. Das verschweigen manche Lamas aber und tun so, als würde sich die Frau den Weg zur Erleuchtung erleichtern, indem sie mit dem Lama Sex hat. So ein Verhalten stellt einen Bruch der tantrischen Gelübde dar und wirkt auf die Frauen, die die Angelegenheit natürlich nach einer gewissen Zeit eh durchschauen, ausgesprochen frustrierend.

Frauen, die sich mit Lamas einlassen, sollten von Anfang an folgende zwei Dinge klarstellen. Erstens eine Klärung, ob von beiden nur Sex gewünscht wird (wogegen wie gesagt kein Einwand besteht) oder ob beide eine Karmamudrā-Praxis ausführen wollen. Zweitens eine Klärung, ob eine partnerschaftliche Beziehung oder nur eine vorübergehende Begegnung angestrebt wird. Wünscht der Lama eine längere Beziehung, so sollte die Frau aber mit seiner Verheimlichung dieser Beziehung vor der Öffentlichkeit keinesfalls einverstanden sein.

Frauen wurden und werden in den buddhistischen Kulturen in Indien, Tibet und anderen Himalaya-Ländern systematisch durch ein jahrtausendealtes Patriarchat als Menschen zweiter Klasse behandelt. Aus diesem und nur aus diesem Grund gibt es auch kaum weiblichen Lamas. Die diesbezügliche Lage ist allerdings schwer einzuschätzen, da die wirklich hervorragenden Lamas, gleich ob männlich oder weiblich, wenig öffentlich bekannt sind - abgesehen von einigen führenden Personen aller Traditionen. Es herrscht der Eindruck, dass sich die tibetischen Traditionen ähnlich wie manche Weltkonzerne und Banken meist eine leitende Alibifrau zulegen, während hinter den Kulissen alles beim Alten bleibt.

Wie vorher schon dargelegt wurde, geht es aber im Westen nicht darum, Tibetischen Buddhismus inklusive der Übernahme zahlreicher tibetischer Übel zu betreiben, sondern es geht darum, das ursprüngliche Tantra an die westlichen Verhältnisse anzupassen und dementsprechend weiter zu entwickeln. Die Gleichstellung der Frauen, die auch im Westen noch nicht so richtig erfolgen konnte, kann und muss in den Tantras beibehalten werden.

Das ursprüngliche buddhistische Tantra ist aber ausgesprochen frauen-freundlich, es bestehen auch wissenschaftlich einwandfrei erwiesene Beziehungen zum hinduistisch-tantrischem Shakti-Kult, der den Frauen ausdrücklich die führende, aktive Rolle zuspricht. Der Shakti-Kult wiederum beruht auf der betont matriarchalen Religion und Gesellschaft der dravidischen Urbevölkerung Indiens, die kulturell und politisch von den später eingewanderten patriarchalen Indoeuropäern unterdrückt wurde. So enthalten die alten tantrischen Texte deshalb immer wieder den Aufruf, im Kreis der Tantriker alle Kastenunterschiede zu ignorieren. Viele buddhistische Siddhas wie zum Beispiel der berühmte Virupa, ein Adept des Hevajra-Tantra, stammen aus dieser dravidischen Urbevöl-kerung und kennen nichts anderes als die hingebungsvolle Liebe zu den Frauen.

Wer von vornherein normalen Sex mit anderen ablehnt und nur Karmamudrā bevorzugen möchte, könnte ein Problem haben. Hier gilt das vorher Gesagte: Zuallererst muss eine ganz normale vollständige sexuelle Befriedigung erlangt werden, sonst kommt es zu neurotischem Verhalten. Wer Sex nur mit „spiritueller" Verzierung genießen kann oder will, hat Schuldgefühle oder wirklich ein anderes Problem.

Für die schon länger Karmamudrā Praktizierenden ist das anders. Sie werden ganz von selbst auf den normalen Sex verzichten, schon allein weil die durch die Praxis entstehende Ekstase größer sein wird als die vom gewöhnlichem Sex herrührende. Dieses Thema soll aber hier nicht näher ausgeführt werden, da die Details der Durchführung von Karmamudrā ja geheimgehalten werden wollen.

Ein anderes bekanntes Problem in diesem Zusammenhang ist, wenn jemand schon lange mit einem anderen Menschen zusammenlebt und nun anfängt, Tantra zu praktizieren und eines Tages die Stufe zum Karma-mudrā erreicht hat. Der oder die Partnerin kann ja da nicht mithalten, also würde die Suche nach einer anderen, tantrischen Person beginnen. Die in

diesem Fall beste Vorgangsweise kann nur zusammen mit dem initiie-
rendem Meister oder der initiierenden Meisterin festgelegt werden, denn
im Allgemeinen ist es schlecht, eine langjährige Partnerschaft aufzugeben
oder dem Partner oder der Partnerin wegen einer solchen Konstellation
untreu zu werden.

Karmamudrā-Praxis bedeutet keine Reduzierung der erotischen Spiel-
arten. Denn im Prinzip ist alles erlaubt, was beiden gefällt. Es wird nur
alles mit einer gewissen Visualisierung verbunden. Die Hauptvisuali-
sierung wird im allgemeinen während einer genitalen Vereinigung ausgeführt. Die Tantras fordern wörtlich als Qualifikation für die Praxis die
Vertrautheit mit den 64 Arten der Liebeskunst, womit auf das ins
Tibetische übersetzte indische Kamasutra angespielt wird, welches für
westliche Verhältnisse aber wirklich kaum brauchbar ist.

In manchen Kommentaren zu den zehn sittlichen Tugenden (häufig in
Ngöndro-Belehrungen, das sind dem inneren Tantra oft vorangehende
vorbereitende Übungen) finden sich einige stark einschränkende Regeln,
wie zum Beispiel das Verbot, vor einer Buddhastatue Sex zu haben oder
das Verbot von Oralsex und ähnliches mehr. Diese nicht-kanonischen
Lehren gehören noch einer alten dualistischen Sichtweise an. Wer möchte,
kann dergleichen einhalten, man kann es aber auch ignorieren, da die
Sichtweise des inneren Tantra auf dem Aufheben des Unterscheidens
zwischen rein und unrein beruht und solche Verbote als sinnlos ansieht.

Die Karmamudrā-Praxis ist nicht mit einer monogamen Partnerbe-
ziehung und der damit verbundenen typischen Projektion von anerzo-
genen Wertvorstellungen verbunden. Die monogame Ehe gilt im ganzen
Himalaya-Raum als nicht irgendwie Heiliges. Polygamie sowie
Polyandrie (die Ehe einer Frau mit mehreren Männern) sind weit
verbreitet. Es existiert kein buddhistisches Sakrament der Ehe, die Ehe ist
auf einen bloßen Ehevertrag ohne spirituelle Bedeutung reduziert.

Aus Gründen, die hier nicht näher erläutert werden müssen, ist es oft
schwierig, aus einer schon bestehenden langjährigen Partnerschaft direkt
in die gemeinsame Karmamudrā-Praxis überzugehen. Die andererseits in
der Literatur anzutreffende Aussage, dass Karmamudrā nichts mit einer
Beziehung zu tun hat, sondern im Gegenteil auch mit Fremden geübt
werden kann, ist auch falsch. Tantra fordert ausdrückliche eine starke
Beziehungsfähigkeit.

Alle Schüler und Schülerinnen, die vom selben tantrischen Meister oder von der selben tantrischen Meisterin die gleiche Einweihung haben, werden als enge Vajra-Geschwister bezeichnet. Sie kennen sich untereinander, haben gemeinsam praktiziert und bilden miteinander ein Energiefeld, welches das Mandala der jeweiligen Gottheit verkörpert. Das heißt nicht, dass alle Vajra-Geschwister nun kreuz und quer miteinander verkehren, verboten ist es aber auch nicht.

Tantra sieht auch Möglichkeiten für homosexuelle oder lesbische Paare vor, denn die tantrischen Texte erwähnen die Existenz von Homosexualität nicht. Viele tibetischen Lamas wissen damit aber auch nichts anzufangen und halten diese Beziehungen eher für eine geistige Störung. Nach den Erkenntnissen westlicher Wissenschaft ist es keine geistige Störung, sondern eine Naturgegebenheit, in der ein bestimmter Prozentsatz der Männer und Frauen eher oder ausschließlich dem eigenen Geschlecht erotisch zugeneigt ist. Da inneres Tantra per definitionem jede menschliche Emotion in ein Mittel, Erleuchtung zu erlangen, zu verwandeln weiß, besteht kein Hindernis für homosexuelle oder lesbische Paare, Karmamudrā-Praxis zu üben.

Echtes buddhistisches Tantra ist anstrengend, erfordert jahrelange disziplinierte Bemühung und führt zu einem spirituellen Resultat, welches über alles, was man sich unter einem erotischen Resultat vorstellt, weit hinausgeht. Aber eines sollte man an dieser Stelle auf keinen Fall vergessen: Buddhistisches Tantra ist kein Selbstzweck, um die Übenden glücklich und zufrieden zu machen, sondern ist geprägt von einem unendlich tiefem Mitgefühl für alle leidenden Lebewesen, einem aktiven Mitgefühl, welches in ernsthafter Tätigkeit alles Leid überhaupt beenden möchte.

Es gibt Voraussetzungen, welche von Karmamudrā praktizierenden Menschen zu erbringen sind. Beide Beteiligten müssen echte Bodhisattvas sein. Sie müssen, nach welcher Methode auch immer, den relativen und absoluten Erleuchtungsgeist entwickelt haben und noch weiter entwickeln, bei jeder Gelegenheit müssen sie auf das Wohl der Menschen achten, mit denen sie in Kontakt kommen. Das Wohlergehen der anderen muss ihnen wichtiger sein als ihr eigenes. Sie müssen ein tiefes Verständnis der Sutras haben, vor allem müssen sie sich unbedingt in die Prajnaparamita, die Weisheit von der Leerheit, meditativ versenkt haben.

Ohne Sutra kein Tantra! Der Dalai Lama betont immer wieder, dass Sutra und Tantra wie zwei Flügel eines Vogels sind - mit einem Flügel wird der Vogel nicht fliegen. Genau an diesem Punkt werden die meisten Fehler gemacht, die sich dann in den vorher aufgezeigten Degenerations- erscheinungen äußern. Rede und Verhalten der Lehrkraft müssen mit den tantrischen Gelübden übereinstimmen. Ein intensiver persönlicher Kontakt muss mit der Meisterin oder dem Meister hergestellt werden können. Einfach zu irgendwelchen Einweihungen hin zu pilgern reicht nicht.

Die tantrische Lehrkraft soll auf keinen Fall eine Sangha mit mehr als zwölf Personen haben, sonst ist der langfristige, intensive und persönliche Kontakt von vornherein gar nicht möglich. Er oder sie muss die Karma- mudrā-Praxis aus eigener Anschauung kennen, das heißt auch, es muss eine sichtbare Partnerin oder ein sichtbarer Partner der Lehrkraft vorhanden sein, denn sonst stimmt hier etwas nicht.

Die Schüler und Schülerinnen müssen die vollständige Einweihung in ein Mandala des inneren Tantra erhalten haben, dazu die Ermächtigung für die Praxistexte und die persönlichen Mund-zu-Ohr-Instruktionen der betreffenden Praxis. Die Einweihung muss auch eine Einführung in die Sichtweise der jeweiligen Stufe inkludieren. Die Schülerinnen oder Schüler müssen sich auch mit den grundlegenden Praxistexten, Kommen- taren und Tantras der gewählten Linie gründlich vertraut machen, denn ohne Einweihung funktioniert kein Tantra.

Die Schüler und Schülerinnen müssen die Erzeugungsphase der jewei- ligen tantrischen Gottheit vollendet haben. Dazu ist es meistens notwendig, ein Retreat zu machen, aber nicht unbedingt ein dreijähriges! In vielen Fällen genügen drei Monate, manchmal reichen auch kürzere Zeiten, oder ein langes Retreat wird auf mehrere kürzere aufgeteilt.

Schließlich beginnen die Schüler und Schülerinnen, entsprechend ihrer Instruktionen die Vollendungsphase zu üben. Dabei werden der Zentral- kanal und die Chakras visualisiert, es gibt Atem- und Körperübungen. Details werden aber prinzipiell nur denjenigen mitgeteilt, die das Ganze auch üben. Die Vollendungsphase gipfelt in der Karmamudra-Praxis. Der letzte Teil der Vollendungsphase führt dann zum Mahamudra genannten Erleuchtungszustand. Dann ist das Ziel erreicht.

Nachwort

? Am 25. April 2015 erschütterte ein schweres Erdbeben mit der
Magnitude 7,8 M_w das kleine Land Nepal am südlichen Rand des
• Himalaya. In den darauf folgenden zwei Wochen kamen 149
Nachbeben hinzu. Am 12. Mai 2015 erfolgte dann ein zweites schweres
Erdbeben mit der Magnitude 7,2 M_w in der selben Region, auch da gab es
sechs Wochen lang 156 Nachbeben. Zum Vergleich: ein Beben mit 7,8
M_w entspricht in etwa der Energie von rund 900 Hiroshima-Atombomben.

Die fatalen Auswirkungen und das Leid der Überlebenden waren in
den Medien wochenlang zu sehen. Aufwendig wurden Bergsteiger und
Touristen aus Nepal evakuiert. Inzwischen ist das Ereignis aus dem
Bewusstsein der Weltöffentlichkeit weitgehend entschwunden. Aber auch
Anfang 2016 hat sich die Situation vor Ort noch keineswegs normalisiert.
Der Tourismus als Haupteinnahmequelle des Staates ist zusammen-
gebrochen. Aufgrund der Unzufriedenheit der Bevölkerung mit der im
September 2015 beschlossenen neuen Verfassung lähmen Generalstreiks,
Protestaktionen und Gewalttätigkeiten den Wiederaufbau.

Das arme Land wird noch Jahrzehnte brauchen, um sich von den
unvorstellbaren Zerstörungen zu erholen. Die eh schon dürftige Infra-
struktur wurde in den betroffenen Distrikten Dhading, Dolakha, Gorkha,
Kavrepalanchok, Makwanpur, Nuwakot, Okhaldunga, Ramechhap,
Rasuwa, Sindhuliin und Sindupalchok vernichtet. Manche Straßen und
Wege werden jahrelang unpassierbar bleiben. Viele Häuser, Tempel, auch
Klöster sind eingestürzt, ganze Berghänge sind abgerutscht, Geröll- und
Schneelawinen haben Menschen, Straßen und Gebäude mit sich gerissen
und begraben. Viele Tote können deshalb nie gefunden werden.

Tulku Dawa Lhamo war damals im Frühjahr 2015 in Nepal unterwegs,
um dort nach weiteren Familientraditionen und Praktizierenden der Dorje
Tshomo Chime Tradition zu suchen. Nach dem Erdbeben am 25. April
2015 verblieb Tulku Dawa Lhamo vor Ort, um den Menschen dort zu
helfen. Seit dem zweiten großen Erdbeben am 12. Mai 2015 ist sie
plötzlich so spurlos verschwunden, als hätte es sie nie gegeben.

Lediglich die chinesischen Behörden in Tibet sind da anderer Ansicht und haben 200.000 Yuan[74] Kopfgeld auf Tulku Dawa Lhamo ausgesetzt. Angeblich habe sie unter Ausnutzung der Wirrnisse des zweiten Erdbebens die chinesische Grenze illegal überschritten und wirke bereits in Tibet. Aber das wäre wohl eine andere zauberhafte Geschichte.

---

74 Das sind derzeit etwa 27.000 €.

Vom Autor sind bereits folgende Bücher im Verlag tredition erschienen:

Die Ärztin der Dritten Linie
ein Roman im RAF-Milieu

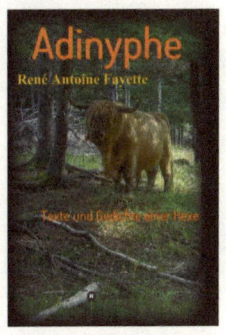

Adinyphe
Texte und Gedichte einer Hexe

Überleben oder Zufall
*private Katastrophenvorsorge für ein Leben
ohne Strom, Wasser und Geldautomaten*

www.tredition.de

Über tredition

Der tredition Verlag wurde 2006 in Hamburg gegründet. Seitdem hat tredition Hunderte von Büchern veröffentlicht. Autoren können in wenigen leichten Schritten print-Books, e-Books und audio-Books publizieren. Der Verlag hat das Ziel, die beste und fairste Veröffentlichungsmöglichkeit für Autoren zu bieten.

tredition wurde mit der Erkenntnis gegründet, dass nur etwa jedes 200. bei Verlagen eingereichte Manuskript veröffentlicht wird. Dabei hat jedes Buch seinen Markt, also seine Leser. tredition sorgt dafür, dass für jedes Buch die Leserschaft auch erreicht wird.

Autoren können das einzigartige Literatur-Netzwerk von tredition nutzen. Hier bieten zahlreiche Literatur-Partner (das sind Lektoren, Übersetzer, Hörbuchsprecher und Illustratoren) ihre Dienstleistung an, um Manuskripte zu verbessern oder die Vielfalt zu erhöhen. Autoren vereinbaren unabhängig von tredition mit Literatur-Partnern die Konditionen ihrer Zusammenarbeit und können gemeinsam am Erfolg des Buches partizipieren.

Das gesamte Verlagsprogramm von tredition ist bei allen stationären Buchhandlungen und Online-Buchhändlern wie z. B. Ama-

www.tredition.de

zon erhältlich. e-Books stehen bei den führenden Online-Portalen (z. B. iBook-Store von Apple) zum Verkauf.

Seit 2009 bietet tredition sein Verlagskonzept auch als sogenanntes "White-Label" an. Das bedeutet, dass andere Personen oder Institutionen risikofrei und unkompliziert selbst zum Herausgeber von Büchern und Buchreihen unter eigener Marke werden können.

Mittlerweile zählen zahlreiche renommierte Unternehmen, Zeitschriften-, Zeitungs- und Buchverlage, Universitäten, Forschungseinrichtungen, Unternehmensberatungen zu den Kunden von tredition. Unter www.tredition-corporate.de bietet tredition vielfältige weitere Verlagsleistungen speziell für Geschäftskunden an.

tredition wurde mit mehreren Innovationspreisen ausgezeichnet, u. a. Webfuture Award und Innovationspreis der Buch-Digitale.

tredition ist Mitglied im Börsenverein des Deutschen Buchhandels.

Zeitfracht Medien GmbH
Ferdinand-Jühlke-Straße 7
99095 Erfurt, Deutschland
produktsicherheit@kolibri360.de